金瓶梅詞話

萬曆本

十

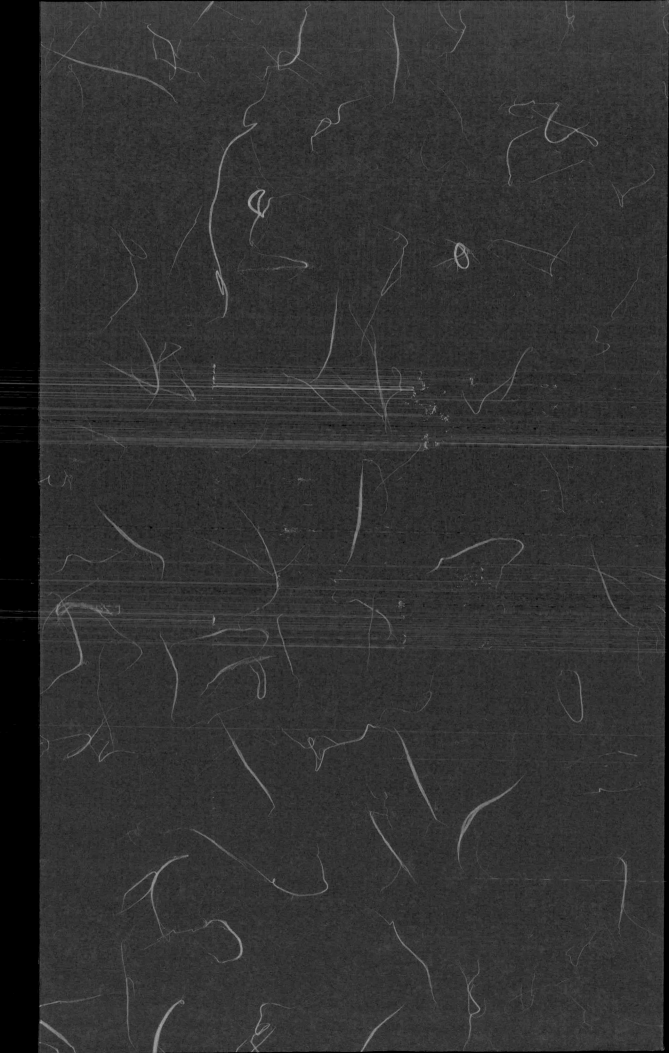

金瓶梅

第四十八回

弄私情戲贈一枝桃

走捷徑探歸七件事

第四十八回

曾御史參劾提刑官　蔡太師奏行七件事

格言

知危識險，終無羅網之門。舉善薦賢，自有安身之地。施恩布德，乃後代之榮昌。懷妒藏奸，為終身之禍患。損人利己，終非遠大之圖。害眾成家，豈是長久之計。改名異體，皆因巧語而生訟。起傷財，蓋為不仁之召。

話說安童領着書信，辭了黃通判，往山東大道而來。打聽巡按御史在東昌府察院住劄，姓曾，雙名孝序，乃都御史曾布之子，新中乙未科進士。極是個清廉正氣的官。這安童自思：我若說下書的，門上人決不肯放。不如我在此等着放告牌出來，我跪門進去連狀帶書呈上老爹見了必然有個决斷于是早已把狀子寫下揣在懷裡在察院門首等候多時只聽裡面打的雲板响開了大門二門曾御史坐廳頭面牌出來大書告親王皇親駙馬勢豪之家第二面牌出來告都布按并軍衛有司官吏第三面牌出來纔是百姓戶婚田土詞訟之事這安童就隨狀牌進去待把一應事情發放淨了方走在丹墀上跪下兩邊左右問是做甚麼的這安童方纔把書雙手舉得高高的呈上只聽公座上曾御史叫接上來慌的左右吏典下來把書接上去安放于書案上曾公拆開觀看端的上面寫着甚言詞書曰

寓都下年教生黃美端肅書奉大柱史少亭曾年兄先生大人門下 違越光儀倏忽一載知已難逢勝游易散此心耿

耿。常在左右。去秋忽報瑾章華扎。開軸啟函。捧誦之間。而神遊恍惚。儼然長安對面時也。每有感愴。輒一歌之。足舒懷抱矣。未幾年兄省親南旋。復聞德音。知年兄接巡齊魯。不勝欣慰。叩賀叩賀。惟年兄忠孝大節。風霜貞操。砥礪其心。耿耿在廊廟。歷歷在士論。今茲出巡。正當擿發官邪。以正風紀之日。區區愛念。尤所不能忘者矣。竊謂年兄平日。抱可爲之器。當有爲之年。值聖明有道之世。老翁在家康健之時。不乘此大展才猷。以振揚法紀。勿使舞文之吏以撓其法。而奸頑之徒以逞其欺。胡乃如東平一府。而有撓大法如苗青者。抱大寃如苗天秀者乎。生不意聖明之世。而有此魍魎。年兄巡歷此方。正當分理寃滯。振刷爲之一清可也。去伴安童持狀告訴。

幸埀察不宣。 仲春望後一日具。

這曾御史覽書已畢。便問有狀沒有。左右慌忙下來。問道老爺問你有狀沒有。這安童向懷中取狀遞上。曾公看了。取筆批仰東平府府官。從公查明。驗相屍首。連卷詳報。喝令安童東平府伺候。這安童連忙磕頭起來。從便門放出。這里曾公將批詞連狀。裝在封套内。鈐了關防。差人賫送東平府來。府尹胡師文。見了上司批下來。慌得手脚無措。即調委陽谷縣縣丞狄斯彬。本貫河南舞陽人氏。爲人剛而且方。不要錢。問事糊突。人都號他做狄混。明文下來。沿河查訪苗天秀屍首下落。也是合當有事。不想這狄縣丞。率領一行人。巡訪到清河縣城西河邉。正行之際。忽見馬頭前。起一陣旋風。團團不散。只隨着狄公馬走。狄縣

丞道怪哉遂勒住馬。令左右公人。你去隨此旋風務要跟尋個
下落。那公人眞個跟定旋風而來七八將近新河口而止。走來
回覆了狄公話。狄公即拘了里老來。用鍬掘開岸上深數尺。見
一死屍。宛然頸上有一刀痕。命仵作檢視明白。問其前面是那
裡。公人稟道。離此不遠就是慈惠寺。縣丞即令拘寺中僧行問
之。皆言去冬十月中。本寺因放水灯見一死屍從上流而來。
漂入港裡。長老慈悲故收而埋之。不知爲何而死。縣丞道。分明
是汝衆僧謀殺此人。埋于此處。想必身上有財帛。故不肯實說。
于是不由分說。先把長老一箍兩拶一夾一百敲。餘者衆僧都
是二十板。俱令收入獄中。回覆曾公再行報看。各僧皆稱寃不
服。曾公尋思既是此僧謀死屍。必棄于河中。豈反埋于岸上。又

說于碍人衆。此有可疑。因令將衆僧收監。將近兩月。不想安童
來告此狀。即令委官押安童前至屍所。令其認視。這安童見其
屍大哭道正是我的主人被賊人所傷刀痕尚在。于是檢驗明
白。回報曾公。即把衆僧放回。一面查刷卷宗。復報出陳三八審
問。執稱苗青主謀之情。曾公大怒。差人行牌。星夜往下州提苗
青去了。一面寫本參劾提刑院兩員問官受贓賣法。正是

污吏贓官濫國刑　曾公判刷雪寃情
雖然號令風霆肅　夢裡輸贏摠未真

話分兩頭。却表王六兒自從得了苗青幹事的那一百兩銀子。
四套衣服。夜間與他漢子韓道國就白日不閑。一夜沒的睡。計
較着要打頭面。治簪環。喚裁縫來裁衣服。從新抽銀絲鬏髻。用

十六兩銀子。又買了個丫頭、名喚春香、使喚。早晚教韓道國收
用。不題。一日西門慶到韓道國家。王六兒接着裡面吃茶畢。西
門慶往後邊淨手去。看見隔壁月臺問道。是誰家的。王六兒道。
是隔壁樂三家月臺。西門慶分付王六兒。你對他說。若不與我
即便拆了。如何教他遮住了這邊風水。不然我教地方分付他。
這王六兒與韓道國說。隣舍家怎好與他說的。韓道國道。咱不
如瞞着老爹。廟上買幾根木植來。咱這邊也搭起個月臺來。上
面晒醬。下邊不拘做馬坊。做個東淨。也是好處。老婆道。呸。賊沒
筭計的。比時搭月臺。買些磚瓦來。蓋上兩間厦子。却不好。韓道
國道。蓋兩間厦子倒不好了。是東子房子了。不如蓋一層兩間
小房罷。于是使了三十兩銀子。又蓋了兩間平房起來。西門慶

差玳安兒擡了許多酒肉燒餅來與他家犒樂匠人那條街上誰人不知夏提刑得了幾百兩銀子在家把兒子夏承恩年十八歲幹入武學肄業做了生員每日邀結師友習學弓馬西門慶約會劉薛二內相周守備荊都監張團練合衛官員出人情與他掛軸文慶賀俱不必細說西門慶因墳上新蓋了山子捲棚房屋自從生了官哥并做了千戶還沒往墳上祭祖叙陰陽徐先生看了從新立了一座墳門砌的明堂神路門首栽的桃週圍種松柏兩邊疊的坡峯清明日上墳要更換錦衣牌面宰猪羊定卓面三月初六日清明預先發柬請了許多人推運了東西酒米下飯菜蔬叫的樂工雜耍扮戲的小優兒是李銘吳惠王柱鄭奉唱的是李桂姐吳銀兒韓金釧董嬌兒官家請了

張團練、喬大戶、吳大舅、吳二舅、花大舅、沈姨夫、應伯爵、謝希大、傅夥計、韓道國、雲離守、賁地傳、并女婿陳經濟等、約二十餘人。堂客請了張團練娘子、張親家母、喬大戶娘子、來臺官娘子、尚舉人娘子、吳大妗子、二妗子、楊姑娘、潘姥姥、花大妗子、吳大姨、孟大姨、吳舜臣媳婦鄭三姐、崔本妻段大姐、并家中吳月娘、李嬌兒、孟玉樓、潘金蓮、李瓶兒、孫雪娥、西門大姐、春梅、迎春、玉簫、蘭香、妳子如意兒抱着官哥兒、裏外也有二十四五頂轎子。先是月娘對西門慶說、孩子且不消教他往墳上去罷、一來還不曾過一周、二者劉婆子說這孩子顖門還未長滿、胆兒小、這一到墳上路遠、只怕諕着他、依着我不教他去、留下妳子、和老湯在家、和他做伴兒、只教他娘母子一個去罷。西門慶不聽、便道

比來爲何。他娘兒兩個。不到墳前。與祖宗磕個頭兒去。你信那
婆子老淫婦胡說。可可就是孩子顖門未長滿。教妳子用被兒
褁着在轎子裏。按的孩兒牢牢的。怕怎的。那月娘便道。你不聽
人說。隨你。從清早晨。堂客都從家裡取齊。起身上了轎子。無辭
出南門到五里外祖墳上。遠遠望見青松鬱鬱。翠栢森森。新盖
的墳門。兩邊坡峯上去。週圍石墻。當中甬路。明堂神臺香爐燭
臺。都是白玉石鑿的。墳門上新安的牌面。大書錦衣武畧將軍
西門氏先塋。墳內正面土山環抱。林樹交枝。西門慶穿大紅冠
帶。擺設猪羊祭品。卓席。祭奠。官家祭畢。堂客纔祭。响器鑼鼓。一
齊打起來。那官哥兒諕的在妳子懷裡。磕伏着。只倒咽氣。不敢
動一動兒。月娘便叫李大姐。你還不教妳子抱了孩子。往後邊

去罷哩。你看諕的那腔兒。我說且不教孩兒來罷。恁濕的貨。只當教抱了他來。你看諕的那孩兒這模樣。李瓶兒連忙下來。分付玳安。且叫把鑼鼓住了。連忙攛掇掩着孩兒耳朶。快抱了後邊去罷。須臾祭畢。徐先生唸了祭文。燒了帋。西門慶邀請官客在前客位。月娘邀請堂客在後邊捲棚內。由花園進去。兩邊松墻普築。竹徑欄杆。週圍花草。一望無際。正是桃紅柳綠鶯梭織。都是東君造化成。當下扮戲的。在捲棚內。扮與堂客們瞧。兩個小優兒在前廳。官客席前。唱了一回。四個唱的。輪番遞酒。春梅玉簫。蘭香迎春四個都在堂客上邊。執壺斟酒。立在大姐卓頭。同吃湯飯點心。吃了一回。潘金蓮與玉樓。大姐。李桂姐。吳銀兒。同往花園裡。打了回鞦韆。原來捲棚後邊。西門慶收拾了一明兩暗三間床炕房兒裏邊鋪陳床帳擺放卓椅梳籠抿鏡粧臺之類預備堂客來上墳在此梳粧歇息或閒常接了妓者在此頑耍糊的猶如雪洞般乾凈懸挂的書画琴棋蕭洒妳子如意兒看守官哥兒正在那洒金床炕兒鋪着小褥子兒睡迎春也在傍和他頑耍只見潘金蓮獨自從花園驀地走來手中拈着一枝桃花兒進屋裡看見迎春便道你原來這一日沒在上邊伺候迎春道有春梅蘭香玉簫在上邊哩俺娘教我下邊來看哥兒拏了兩楪下飯點心與如意兒吃金蓮看見那邊卓上放着一楪子鵝肉一碟蹄子肉并幾箇果子妳子見金蓮來便抱起官哥兒來金蓮便戲他說道小油嘴兒頭裡見打起鑼鼓來諕的不則聲原來這等小胆兒于是一面解開藕絲羅襖兒綃

金衫兒接過孩兒抱在懷裡與他兩個嘴對嘴親嘴兒忽有陳經濟掀簾子走入來看見金蓮鬥孩子頑耍也鬥那孩子金蓮道小道兒你也與姐夫個嘴兒可霎作怪那官哥兒便嘻嘻望着他笑經濟不由分說把孩子就摟過來一連親了幾個嘴金蓮罵道怪短命誰家親孩子把人的鬢都抓亂了經濟笑戲道你還說早時我沒錯親了哩金蓮聽了恐怕婢子瞧科便戲發訕將手中拏的扇子倒過把子來向他身上打了一下打的經濟鯽魚般跳罵道怪短命誰和你那等調嘴調舌的經濟道不是你老人家摸量惜些情兒人身上穿着恁单衣裳就打恁一下金蓮道我平白惜甚情兒今後惹着我只是一味打如意兒見他頑的訕連忙把官哥兒接過來抱着金蓮與經濟兩個還

戲謔做一處。金蓮將那一枝桃花兒做了一個圈兒。悄悄套在經濟帽子上。走出去正值孟玉樓和大姐桂姐三個從那邊來。大姐看見。便問是誰幹的營生。經濟取下來去了。一聲兒也沒言語。堂客前戲文扮了四大摺。看看窗外日光彈指過。席前花影座間移。看看天色晚來。西門慶分付賁四。先把擡轎子的每人一碗酒。四個燒餅。一盤子熟肉。捷散停當。然後纔把堂客轎子起身。官家騎馬在後。來興兒與廚役慢慢的抬食盒。煞後玳安來安。畫童棋童兒跟月娘眾人轎子。琴童并四名排軍跟西門慶馬。奶子如意兒獨自坐一頂小轎。懷中抱着哥兒。用被裹得緊緊的進城。月娘還不放心。又使回畫童兒來吽他。跟定着妳子轎子。恐怕進城人亂。且說月娘轎子進了城。就與喬家那邊衆堂客轎子分路來家。先下轎進去半日。西門慶陳經濟纔到家下馬。只見平安兒迎門就禀說今日掌刑夏老爹。親自下馬到廳。問了一遍去了。落後又差人問了兩遍。不知有甚勾當。西門慶聽了。心中猶豫。到于廳上。只見書童兒在傍接衣服。西門慶因問今日你夏老爹來。留下甚麼話來。書童道。他也沒說出來。只問爹往那去了。使人請去。我有句要緊話兒說。小的便道今日。都往墳上燒帋去了。至晚纔來。夏老爹說。我到午上還來。落後又差人來問了兩遭。小的說還未來哩。西門慶心中不足。心下轉道。却是甚麼。正疑惑之間。只見平安來報。夏老爹來了。那時已有黃昏時分。只見夏提刑便衣坡巾。兩個伴當跟隨。下馬到于廳上叙禮。說道長官。今日往寶庄去來。西門慶道。今日先塋祭掃不知長官下降失迎恕罪恕罪夏提刑道敢來有一事報與長官知道因說咱每往那邊客位內坐去罷西門慶令書童開捲棚門請往那裡說話左右都令下去夏提刑道今朝縣中李大人到學生那裡如此這般說大巡新近有參本上東京長官與學生俱在參例學生令人抄了個邸報在此與長官看西門慶聽了大驚失色急接過邸報來灯下觀看端的上面寫着甚言詞

巡按山東監察御史曾孝序一本參劾貪肆不職武官乞
賜罷黜以正法紀事臣聞巡覽四方省察風俗乃
天子巡狩之事也彈壓官邪振揚法紀乃御史糾政之職也
昔春秋載天王巡狩而萬邦懷保民風協矣王道彰矣四

民順矣。

聖治明矣。臣自去歲奉

命。巡按山東齊魯之邦。一年將滿。歷訪方面有司。文武官員

賢否。頗得其實。茲當差滿之期。敢不循例甄別。爲我

皇上陳之。除恭劾有司方面官員。另具疏上請。恭照山東提

刑所掌刑金吾衛正千戶夏延齡。闒茸之材。貪鄙之行。久

干物議。有玷班行。昔者典牧

皇畿。大肆科擾。被屬官陰發其私。今省理山東刑獄。復著狼

貪。爲同僚之箝制。縱子承恩。冒籍武舉。倩人代考。而士風

掃地矣。信家人夏壽。監索班錢。被軍騰詈。而政事不可知

乎。接物則奴顏婢膝。時人有丫頭之稱。問事則依違兩可

群下有不偶之請理刑副千戶西門慶本係市井棍徒夤緣陞職濫冒武功菽麥不知一丁不識縱妻妾嬉遊街巷而帷薄爲之不清攜樂婦而酣飲市樓官箴爲之有玷至于包養韓氏之婦恣其歡淫而行檢不修受苗青夜賂之金曲爲掩飾而贓跡顯著此二臣者皆貪鄙不職久乖清議一刻不可居任者也伏望

聖明垂聽

勅下該部再加詳查如果臣言不謬將延齡等亟賜罷斥則

官常有賴而稗

聖德永光矣

西門慶看了一遍諕的面面相覷默默不言夏提刑道長官似

此如何計較西門慶道常言兵來將擋水來土掩事到其間道在人爲少不的你我打點禮物早差人上東京央及老爺那裡去于是夏提刑急急作辭到家拏了二百兩銀子兩把銀壺西門慶這裡是金鑲玉寶石鬧粧一條三百兩銀子夏家差了家人夏壽西門慶這裡是來保將禮物打包端正西門慶修了一封書與翟管家兩個早顧了頭口星夜往東京幹事去了不題

且表官哥兒自從墳上來家夜間只是驚哭不肯吃奶但吃下奶去就吐了慌的李瓶兒走來告訴月娘月娘道我那等說還未到一周的孩子且休帶他出城門去獨溫貨他生死不依只說此來今日墳上祭祖爲甚麼來不教他娘兒兩個走走只像那裡攙了分兒一般睜着眼和我兩個叫如今却怎麼好李瓶

兒正沒法兒擺佈。況西門慶又是因巡按御史參本參了。和夏提刑在前邊說話。往東京打點幹事。心上不遂。家中孩子又不好。月娘使小廝叫劉婆子來看。又請小兒科太醫。開門閭戶。亂了一夜。劉婆子看了。說哥兒着了些驚氣入肚。又路上撞見五道將軍。不打緊。燒些帋兒。退送退送。就好了。又留了兩服朱砂丸藥兒。用薄荷燈心湯送下去。那孩兒方纔寧貼。睡了一覺。不驚哭吐妳了。只是身上熱還未退。李瓶兒連忙拏出一兩銀子。教劉婆子備帋去。後晌帶了他老公。還和一個師婆來。在捲棚內與哥兒燒帋跳神。那西門慶早五更打發來保夏壽起身。就亂着和夏提刑往東平府胡知府那裡。打聽提刑苗青消息去了。吳月娘聽見劉婆說孩兒路上着了驚氣。甚麼抱怨如意兒說

他不用心看孩兒想必路上轎子裡諕了他了不然怎的就不
好起來如意兒道我在轎子裡將被兒褁得緊緊的又沒諕着
他娘便回畫童兒來跟着轎子他還好好的我按着他睡只進
城內七八到家門首我只覺他打了個冷戰到家就不吃妳哭
起來了按下這裡家中燒帋與孩子下神且說來保夏壽一路
攢行只六日就赶到東京城內到太師府內見了翟管家將兩
家禮物交割明白翟謙看了西門慶書信說道曾御史參本還
未到哩你且住兩日如今老爺新近條陳奏了七件事在這里
旨意還未曾下來待行下這個本去曾御史本到等我對老爺
說交老爺閣中叫批與他該部知道我這里差人再拏我的帖
兒分付兵部余尚書把他的本只不覆上來交你老爹只顧放

心管情一些事兒沒有于是把二人管待了酒飯還歸到客店
安歇那里等到一日蔡太師條陳本聖旨准下來了來保央府
中門吏抄了個邸報帶回家與西門慶瞧端的上面奏行那七
件事
崇政殿大學士吏部尚書魯國公蔡京一本陳愚見竭愚
衷收人才臻實效足財用便民情以隆
聖治事
第一曰罷科舉取士悉由學校陞貢
竊謂教化陵夷風俗頹敗皆由取士不得真才而教化無
以仰賴書曰天生斯民作之君作之師漢舉孝廉唐興學
校我

國家始制考貢之法各執偏陋以致此輩無真才而民之司
牧何以賴焉今
皇上寤寐求才宵旰圖治治在于養賢養賢莫如學校今後
取士悉遵古由學校陞貢其州縣發解禮闈一切罷之每
歲考試上舍則差知貢舉亦如禮闈之式仍立八行取士
之科八行者謂孝友睦婣任恤忠和也士有此者即免試
率相補太學上舍
二曰罷講議財利司切惟
國初定制都堂置講議財利司蓋謂人君節浮費惜民財也
今陛下即位以來不寶遠物不勞逸民躬行節儉以自奉蓋
天下亦無不可返之俗亦無不可節之財惟當事者以俗

化爲心以禁令爲信不忽其初不弛其後治隆俗美豐亨
豫大又何講議之爲哉悉罷

三曰更塩鈔法切惟塩鈔乃
國家之課以供邊備者也今合無遵復祖宗之制塩法者詔
雲中陝西山西三邊上納粮草關領舊塩鈔易東南淮浙
新塩鈔每鈔折派三分舊鈔搭派七分令商人照所派產
塩之地下場支塩亦如茶法赴官秤驗納息請批引限日
行塩之處販賣如遇過限並行拘收別買新引。增販者俱
屬私塩如此則國課日增而邊儲不乏之矣

四曰制錢法切謂錢貨乃
國家之血脉貴乎流通而不可淹滯如 拖阻淹滯不行者

則小民何以變通。而國課何以仰賴矣。自晉末鵝眼錢之
後。至
國初瑣屑不堪。甚至雜以鉛鐵夾錫。邊人販于虜。因而鑄兵
器。爲害不小。合無一切通行禁之也。以
陛下新鑄大錢。崇寧大觀通寶。一以當十。庶小民通行。物價
不致于踴貴矣。
五曰行結糴俵糴之法。
切惟官糴之法。乃賑恤之義也。近年水旱相仍。民間就食
上始下賑恤之詔。近有戶部侍郎韓侶題覆
欽依。將境內所屬州縣。各立社會。行結糴俵糴之法。保之于
黨。黨之于里。里之于鄉。倡之結也。每鄉編爲三戶。按上上

中中下下。上户者納粮。中户者減半。下户者遞派。粮數關
支謂之俵糴。如此則歛散便民之法。淂以施行。而
皇上可廣不費之仁矣。惟責守令嚴切舉行。其關係叅匪細
矣。
六曰詔天下州郡納免夫錢。切惟我
國初寇亂未定。悉令天下軍從丁壯。集于京師。以供運餽。以
壯國勢。今
承平日久。民各安業。合須　詔行天下州郡。每歲上納免
夫錢。每名折錢三十貫。解赴京師。以資邊餉之用。庶兩得
其便矣。而民力少蘇矣。
七曰置提舉御前人舡所。切惟

陛下自即位以來。無聲色犬馬之奉。所尚花石。皆山林間物。乃人之所棄者。但有司奉行之過。因而致擾有傷聖治。陛下節其浮濫。仍請作御前提舉人船所。凡有用悉出內帑。差官取之。庶無擾于州郡。伏乞聖裁。奉聖旨。鄉言深切時艱。朕心加悅。足見忠猷。都依擬行。該部知道。

來保抄了邸報。等的翟管家。寫了回書。與了五兩盤纏。與夏壽取路。回山東清河縣來。有日到家中。西門慶正在家。耽心不下。那夏提刑一日一遍來問信。聽見來保二人到了。叫至後邊問他端的。來保對西門慶。悉把上項事情。訴說一遍。府中見翟爹。

看了爹的書。便說此事不打緊。交你爹放心。見今巡按也滿了。
另點新巡按下來了。況他的叅本還未到。等他本上時。等我對
老爺說了。隨他本上叅的怎麼重。只批了該部知道。老爺這里
再拏帖兒。分付兵部余尚書。只把他的本立了案。不覆上去。隨
他有撥天關本事。也無妨。西門慶聽了。方纔心中放下。因問他
的本。怎倒還不到。來保道。俺每一去時。晝夜馬上行去。只五日
就赶到京中。可知在他頭里。俺每回來。見路上一簇响鈴驛馬
過。背着黃包袱。揷着兩根雉尾。兩面牙旗。怕不就是巡按衙門
進送實封纔到了。西門慶道。到得他的本上的遲。事情就停當
了。我只怕去遲了。來保道。爹放心。管情沒事。小的不但幹了這
件事的。又打聽的兩椿好事來。報爹知道。西門慶問道。端的何

事來保道。太師老爺新近條陳了七件事。旨意已是准行。如今老爺親家戶部侍郎韓爺。題准事例。在陝西等三邊開引種鹽各府州郡縣。設立義倉。官糴粮米。令民間上上之戶。赴倉上米討倉鈔。派給鹽引支鹽。舊倉鈔七分。新倉鈔三分。咱舊時和喬親家爹。高陽關上納的那三萬粮倉鈔。派三萬鹽引。戶部坐派到好趁着蔡老爹巡鹽下場。支種了罷。倒有好些利息。西門慶聽言。問道。真個有此事。來保道。爹不信。小的抄了個邸報在此向書篋中取出來。與西門慶觀看。因見上面許多字樣。前邊叫了陳經濟來。唸與他聽。陳經濟唸到中間。只要結住了。還有幾個眼生字不認的。旋叫了書童兒來唸。那書童到還是門子出身。蕩蕩如流水不差。直唸到底。端的上面奏着那七件事。云云。

西門慶聽了喜。又看了翟管家書信。已知禮物。交得明白。蔡狀元見朝。已點了兩淮巡鹽。心中不勝歡喜。一面打發夏壽回家。報與你老爹知道。一面賞了來保五兩銀子。兩瓶酒。一方肉。回房歇息。不在話下。正是樹大招風風損樹。人爲名高傷喪身。有詩爲証。

得失榮枯命里該　皆因年月日時栽
胷中有志終須到　囊內無財莫論才

畢竟不知後來如何。且聽下回分解。

第四十九回　請巡按屈體求榮

第四十九回

西門慶迎請宋巡按　永福寺餞行遇胡僧

寬性寬懷過幾年　人死人生在眼前
隨高隨下隨緣過　或長或短莫埋怨
自有自無休歎息　家貧家富總由天
平生衣祿隨緣度　一日清閑一日仙

話說夏壽到家。回覆了話。夏提刑隨卽就來。拜謝西門慶。說道長官活命之恩。不是托賴長官餘光。這等大力量。如何了得。西門慶道。長官放心。料着你我沒曾過爲。隨他說去便了。老爺那里。自有個明見。一面在廳上放卓兒留飯。談笑至晚。方總作辭回家。到次日依舊入衙門裡理事。不在話下。却表巡按曾公見本上去不行。就知道二官打點了。心中忿怒因蔡太師所陳七事內。多乖方舛訛。皆損下益上之事。卽赴京見朝。覆命上了一道表章。極言天下之財。貴于通流。取民膏以聚京師。恐非太平之治。民間結糴俵糴之法。不可行。當十大錢不可用。塩鈔法不可屢更。臣聞民力殫矣。誰與守邦。蔡京大怒。奏上徽宗天子。說他大肆倡言。阻撓國事。那時將曾公付吏部考察。黜爲陝西慶州知州。陝西巡按御史宋盤。就是學士蔡攸之婦兄也。太史陰令盤就劾其私事。逮其家人。煆煉成獄。將孝序除名。竄于嶺表。以報其仇。此係後事表過不題。再說西門慶在家。一面使韓道國與喬大戶外甥崔本。拏倉鈔早往高陽關戶部韓爺那里。趕着掛號。留下來保家中。定下果品。預備大卓面酒席。打聽蔡御史船到。一日來保打聽得他與巡按宋御史船。一同京中起身。都行至東昌府地方。使人先來家通報。這里西門慶。就會夏提刑起身。知府州縣。及各衛有司官員。又早預備祗應人馬。鉄桶相似。來保從東昌府船上。就先見了蔡御史。送了下程。然後西門慶與夏提刑。出郊五十里迎接。到新河口。地名百家村。先到蔡御史船上。拜見了。備言邀請宋公之事。蔡御史道。我知道一定同他到府。那時東平胡知府。及合屬州縣。方面有司。軍衛官員吏典。生員。僧道陰陽。都具連名手本伺候。迎接。帥府周守備。荊都監。張團練。都領人馬披執跟隨。清蹕傳道。雞犬皆隱跡。鼓吹進東平府察院。各處官員都見畢。呈遞了文書。安歇一夜。到次日。只見門吏來報。巡塩蔡爺來拜。宋御史急令撤去公案。

連忙整冠出迎。兩個叙畢禮數。分賓主坐下。少頃獻茶已畢。宋御史便問年兄事期幾時方行。蔡御史道學生還待一二日。因告說清河縣。有一相識。西門千兵。乃本處巨族爲人清慎。富而好禮。亦是蔡老先生門下。與學生有一面之交。蒙他遠接。學生正要到他府上。拜他拜。宋御史問道。是那個西門千兵。蔡御史道他如今見是本處提刑千戶。昨日已叅見過年兄了。宋御史令左右取遞的手本來。看見西門慶與夏提刑名字。說道此莫非與翟雲峯有親者。蔡御史道。就是他。如今見在外面伺候要央學生奉陪年兄。到他家一飯。未審年兄尊意若何。宋御史道。學生初到此處。不好去得。蔡御史道。年兄怕怎的。既是雲峯分上。你我走走何害。于是分付看轎。就一同起行。一面傳將出來。

西門慶知了此消息。與來保賁四騎快馬先奔來家預備酒席。門首搭照山綵棚。兩院樂人奏樂。叫海鹽戲并雜耍承應。原來宋御史將各項伺候人馬都令散了。只用幾隊藍旗清道官吏跟隨。與蔡御史。坐兩頂大轎。打着雙簷傘。同往西門慶家來。當時哄動了東平府。抬起了清河縣。都說巡按老爺也認的西門大官人。來他家吃酒來了。慌的周守備。荊都監。張團練。各領本哨人馬。把住左右街口伺候。西門慶青衣冠帶。遠遠迎接。兩邊鼓樂吹打。到大門道。下了轎。進去。宋御史與蔡御史都穿着大紅獬豸繡服。烏紗皂履。鶴頂紅帶。從人執着兩把大扇。只見五間廳上。湘簾高捲。錦屏羅列。正面擺兩張吃看卓席。高頂方糖。定勝簇盤。十分齊整。二官揖讓進廳。與西門慶敘禮。蔡御史令家人具。贄見之禮。兩端湖紬。一部文集。四袋芽茶。一面端溪硯。宋御史只投了個宛紅单拜帖。上書侍生宋喬年拜。向西門慶道久。聞芳譽學。生初臨此地。尚未盡情。不當取擾。若不是蔡年兄見邀。同來進拜。何以幸接尊顏。慌的西門慶倒身下拜。說道僕乃一介武官。屬于按臨之下。今日幸蒙清顧。蓬蓽生光。于是鞠恭展拜。禮容甚謙。宋御史亦答禮相還。敘了禮數。當下蔡御史讓。宋御史居左。他自在右。西門慶垂首相陪。茶湯獻罷。堦下簫韶盈耳。鼓樂喧闐。動起樂來。西門慶遞酒安席已畢。下邊呈獻割道。說不盡餚列珍羞。湯陳桃浪。酒泛金波。端的歌舞聲容。食前方丈。西門慶知道手下跟從人多。堦下兩位轎上跟從人。每位五十瓶酒。五百點心。一百斤熟肉。都領下去。家人吏書門子人等。另在廂房中管待。不必用說。當日西門慶這席酒也費勾千兩金銀那宋御史又係江西南昌人。為人浮躁。只坐了沒多大回。聽了一摺戲文。就起來。慌的西門慶再三固留。蔡御史在傍便說。年兄無事。再消坐一時。何遽回之太速耶。宋御史道。年兄還坐坐。學生還欲到察院中處分些公事。西門慶早令手下。把兩張卓席。連金銀器已都裝在食盒內。共有二十擡。叫下人夫伺候。宋御史的。一張大卓席。兩罈酒。兩牽羊。兩對金絲花。兩疋段紅。一副金臺盤。兩把銀執壺。十個銀酒盃。兩個銀折盂。一雙牙筯。蔡御史的。也是一般的。都遞上揭帖。宋御史再三辭道。這個我學生怎麼敢領。因看着蔡御史。蔡御史道。年兄貴治所臨。自然之道。我學生豈敢當之。西門慶道。些須微儀。不過乎

侑觴而已。何爲見外。比及二官推讓之次。而卓席已擡送出門
矣。宋御史不得已。方令左右收了揭帖。向西門慶致謝。說道今
日初來荆識。旣擾盛席。又承厚貺。何以克當。餘容圖報不忘也。
因向蔡御史道。年兄還坐坐。學生告別。于是作辭起身。西門慶
還要遠送。宋御史不肯。急令請囘。舉手上轎而去。西門慶囘來。
陪侍蔡御史。解去冠帶。請去捲棚內後坐。因分付把樂人都打
發散去。只留下戲子。西門慶令左右重新安放卓席。擺設珍羞
果品上來。二人飲酒。蔡御史道。今日陪我這宋年兄坐便僭了。
又和曾待盛庫酒器。何以克當。西門慶咲道。微物惶恐。表意而
已。因問道。宋公祖尊號。蔡御史道。號松原。松樹之松。原泉之原。
又說趄頭里他再三不來。被我學生。因稱道四泉盛德。與老先

生那邊相熟。他纔來了。他也知府上與雲峯有親。西門慶道想必翟親家有一言于彼。我觀宋公爲人有些蹺蹊。蔡御史道。他雖故是江西人倒也沒甚蹺蹊處。只是今日初會。怎不做些模樣。說畢咲了。西門慶便道今日晚了。老先生不回船上去罷了。蔡御史道。我明早就要開船長行。西門慶道。請不棄在舍畱宿一宵明日學生長亭送餞。蔡御史道。過蒙愛厚。因分付手下人都回門外去罷。明早來接。衆人都應諾去了。只留下兩個家人伺候。西門慶見手下人都去了。走下席來。來叫玳安兒附耳低言。如此這般。分付即去院中坐名叫了董嬌兒韓金釧兒兩個打後門裡。用轎子擡了來。休交一人知道。那玳安一面應諾去了。西門慶復上席。陪蔡御史吃酒。海鹽子弟。在傍歌唱。西門慶因問老先生到家多少時就來了令堂老夫人起居康健麼蔡御史道老母倒也安學生在家不覺荏苒半載回來見朝不想被曹禾論劾將學生敝同年一十四人之在史館者一時皆黜授外職學生便選在西臺新點兩淮巡鹽宋年兄便在貴處巡按他也是蔡老先生門下西門慶問道如今安老先生在那里蔡御史道安鳳山他已陞了工部主事往荊州催儹皇木去了也待好來也說畢西門慶交海鹽子弟上來遞酒蔡御史分付你唱個漁家傲我聽子弟排手在傍唱道

別後杳無書不疼不痛病難除恨凄凄旅館有誰相知魚沉不見雁傳書三山美人知何處眠思夢想此情為誰懨懨憔瘦一似風中柳絮知他幾時再得重相會

皂羅袍

滿目黃花初綻。怪淵明怎不回還。交人盼得眼睛穿。冤家怎不行方便從伊別後。相思病纏。昏昏如醉。汪汪淚漣。知他幾時再得重相見。

我愛他桃花爲面。笋生成十指纖纖。我愛他春山淡淡柳拖烟我愛他清俊一雙秋波眼。烏鴉堆髩。青絲翠綰。玳鈎月鈎。丹霞襯臉。交人想得肝腸斷。

戍鼓鼕鼕初轉。聽樓頭畫角聲殘。搥床搗枕數千番。長吁短嘆千千遍。精神撩亂。語言倒顛。忘飡廢寢。和衣泪漣。終朝懞懂昏沉倦。

我爲你終朝思念。在那里要咲貪歡。忽然想起意懸懸。一番題起一番怨恩深如海情重似山佳期非偶離别最難常言道藕斷絲不斷。

正唱着。只見玳安走來。請西門慶下邊說話。玳安道叫了董嬌兒韓金釧兒打後門來了。在娘房裡坐着哩。西門慶道你分付把轎子擡過一邊纔好。玳安道擡過一邊了。這西門慶走至上房兩個唱的向前磕了頭。西門慶道今日請你兩個來。晚夕在山子下扶侍你蔡老爹。他如今見在巡按御史。你不可怠慢了他。用心扶侍他。我另酬答你兩個。那韓金釧兒咲道爹不消分付。俺每知道。西門慶因戲道他南人的營生。好的是南風。你每休要扭手扭脚的。董嬌兒道娘在這裡聽着。爹你老人家。羊角葱靠南墻。越發老辣。已是了。王府門首磕了頭。俺們不吃這井里水了。這西門慶笑的往前邊來。走到儀門首。只見來保。和陳經濟。拏着揭帖走來。與西門慶看。說道剛纔喬親家爹。說趂着蔡老爹這回閑。爹倒把這件事。對蔡老爹說了罷。只怕明日起身忙了。西門慶道。交姐夫寫了俺兩個名字在此。你跟了來。那來保跟到捲棚槅子外邊跪着。西門慶飲酒中間。因題起有一事在此。不敢干瀆。蔡御史道。四泉有甚事。只顧分付。學生無不領命。西門慶道。去歲因舍親那邊。在邊上納過些糧草。坐派了有些鹽引。正派在貴治楊州支鹽。只是望乞到那里青目青目。早些支放。就是愛厚。因把揭帖遞上去。蔡御史看了。上面寫着商人來保崔本。舊派准鹽三萬引。乞到日早掣。蔡御史看了。笑道這個甚麼打緊。一面把來保。叫至近前跪下。分付與你蔡爺磕頭。蔡御史道。我到揚州。你等逕來察院見我。我比別的商人早掣取你塩一個月。西門慶道。老先生下顧。早放十日就勾了。蔡御史把原帖就袖在袖內。一面書童傍邊斟上酒。子弟又唱下山虎。

中秋將至。漸覺心酸。只見穿窓月。不見故人還。聽叮噹砧聲滿耳。嘹嚦嚦北雁南還。怎不交人心中慘然。料想相思斷送少年。黃昏後。更漏殘。把銀燈剔盡方眠。

當初携手。月下並肩。說下山盟海誓。對天禱言。若有個負意忘恩。早歸九泉。一向如何音信遠。空教我卜金錢。廢寢忘飡。有誰見怜。黃昏後。更漏殘。把銀燈剔盡方眠。

尾聲

蒼天若肯行方便。早遣情人到枕邊。免使書生獨自眠。

唱畢。當下掌燈時分。蔡御史便說深擾一日。酒告止了罷。因起
身出席。左右便欲掌燈。西門慶道。且休掌燭。請老先生後邊更
衣。于是從花園里遊翫了一回。讓至翡翠軒那里。又早湘簾低
簇。銀燭熒煌。設下酒席完備。海鹽戲子。西門慶已命手下管待
酒飯。與了二兩賞錢。打發去了。書童把捲棚內家活收了。關上
角門。只見兩個唱的。盛粧打扮。立于堦下。向前花枝招颭磕頭。
但見

綽約容顏金縷衣　香塵不動下堦墀
時來水濺羅裙濕　好似巫山行雨歸

蔡御史看見。欲進不能。欲退不可。便說道。四泉。你如何這等愛
厚。恐使不得。西門慶笑道。與昔日東山之遊。又何別乎。蔡御史

道。恐我不如安石之才。而君有王右軍之高致矣。于是月下與二妓携手。不啻恍若劉阮之入天台。因進入軒內。見文物依然。因索帋筆。要留題。西門慶卽令書童。連忙將端溪硯。研的墨濃。拂下錦箋。這蔡御史。終是狀元之才。拈筆在手。文不加點。字走龍蛇。灯下一揮而就。作詩一首。詩曰。

不到君家半載餘　軒中文物尚依稀
雨過書童開樂圃　風回仙子步花臺
飲將醉處鍾何急　詩到成時漏更催
此去又添新悵望　不知何日是重來

寫畢。交書童粘于壁上。以爲後日之遺焉。因問二妓。你等叫甚名字。一個道小的姓董。名喚嬌兒。他叫韓金釧兒。蔡御史又道你二人有號沒有。董嬌兒道。小的無名娼妓。那討號來。蔡御史道。你等休要太謙。問至再三。韓金釧方說小的號玉卿。董嬌兒道。小的賤號薇仙。蔡御史一聞薇仙二字。心中甚喜。遂留意在懷。令書童取棋桌來。擺下棋子。蔡御史與董嬌兒兩個着棋。西門慶陪侍。韓金釧兒把金樽在旁邊遞酒。書童揷手歌唱玉芙蓉。唱道

東風柳絮飄。玉砌蘭芽小。這春光艷冶。巧鬥難描。牆頭紅粉佳人笑。蹴罷鞦韆香汗消。尋芳與。不辭路遙。我只見酒旗搖曳杏花稍。

唱畢。蔡御史贏了董嬌兒一盤棋。董嬌兒吃過。回奉蔡御史。韓金釧這里。遞與西門慶。陪飲一盃。書童又唱道。

風吹蕉尾翻。雨洒荷珠亂。見佳人盤髮如蟬。湘裙半掩。芙蓉面。綵袖輕飄賽小蠻。秋波臉。兩情牽好難。引的人意遲寂寞泪闌干。

飲了酒。兩人又下。董嬌兒贏了。連忙遞酒一盃。與蔡御史。西門慶在傍。又陪飲一盃。書童又唱。

黃花遍地開。百草皆凋敗。小蛩吟唧唧空堦。牛郎夜夜依然在織女緣何不見來。懨懨害。糊突夢怎猜。我爲他淚滴濕表記鳳頭鞋。

唱畢。蔡御史道。四泉夜深了。不勝酒力了。于是走出外邊來。跕立在于花下。那時正是四月半頭時分。月色纔上西門慶道。老先生。天色還早哩。還有韓金釧。未曾賞他一盃酒。蔡御史道。正是你與他來。我就此花下。立飲一盃。于是韓金釧拏大金桃盃滿斟一盃。用纖手捧遞上去。董嬌兒在傍捧菓。書童拍手。又唱第四個。

梨花散亂飛。不見遊蜂翅。小窻前鵲踏枯枝。愁聞月雪尋梅至。忽聽銅壺更漏遲。傷心事。把離情自思。我爲他寫情書閣不住筆尖兒。

蔡御史吃過。斟上一盃。賞與韓金釧兒。因告辭道。四泉。今日酒太多了。令盛价收過去罷。于是與西門慶握手相語說道。賢公盛情盛德。此心懸懸。若非斯文骨肉。何以至此。向日所貸學生耿耿在心。在京已與雲峯表過。倘我後日有一步寸進。斷不敢有辜盛德。西門慶道。老先生何出此言。倒不消介意。那韓金釧見他一手拉着董嬌兒。知局就往後邊去了。到了上房里。月娘便問。你怎的不陪他睡來了。韓金釧笑道。他留下董姐兒了。我不來只在那裡做甚麽。良久西門慶亦告了安置進來。叫了來興兒。分付明日早五更。打發食盒酒米。點心下飯。叫了厨役跟了往門外承福寺去。那里與你蔡老爹送行。叫兩個小優兒答應。休要悮了。來興兒道。家里二娘上壽。沒人看來。西門慶道。留下棋童兒買東西。叫厨子後邊大灶上做罷。不一時書童玳安。收下家活來。又討了一壺好茶。往花園里去。與蔡老爹漱口。翡翠軒書房。床上鋪陳衾枕。俱各完備。蔡御史見董嬌兒。手中拏着一把湘妃竹。泥金面扇兒。上面水墨畫着一種湘蘭。平溪流水。董嬌兒道。敢煩老爹。賞我一首詩在上面。蔡御史道。無可為

題。就指着你這薇仙號。于是灯下來與拈起筆來。寫了四句在
上。

小院閑庭寂不譁　一池月上浸窓紗
邂逅相逢天未晚　紫薇郎對紫薇花

寫畢。那董嬌兒連忙拜謝了。兩個收拾上床就寢。書童玳安與
他家人。在明間里睡。一宿晚景不題。次日早辰蔡御史與了董
嬌兒一兩銀子。用紅帋大包封着。到于後邊。拏與西門慶瞧。西
門慶笑說道。文職的營生。他那里有大錢與你。這個就是上上
籤了。因交月娘每人又與了他五錢。早從後門打發他去了。書
童舀洗面水打發他梳洗穿衣。西門慶出來在廳上陪他吃了
粥。手下又早伺候轎馬來接。與西門慶作辭。謝了又謝。西門慶

又道學生日昨所言之事。老先生到彼處。學生這里書去。千萬晋神一二。足仞不淺。蔡御史道。休說賢公華扎下臨。只盛价有片帋到。學生無不奉行。說畢。二人同上馬。左右跟隨出城外。到于永福寺。借長老方丈。擺酒餞行。來興兒與厨役。早巳安排卓席停當。李銘吳惠。兩個小優彈唱。數盃之後。坐不移時。蔡御史起身。夫馬坐轎。在于山門外伺候。臨行西門慶說起苗青之事。乃學生相知。因詿誤在舊大巡曾公案下。行牌往揚州。案候捉他此事情巳問結了。倘見宋公。望乞借重一言。彼此感激。蔡御史道。這個不妨。我見宋年兄說。設使就提來。放了他去就是了。西門慶又作揖謝了。看官聽說。後來宋御史。往濟南去。河道中又與蔡御史會。在那舡上。公人揚州提了苗青來。蔡御史說道。

此係曾公手裡案外的。你管他怎的。遂放回去了。倒下詳去東平府。還只把兩個舡家决不待時。安童便放了。正是人事如此如此天理未然未然有詩單表人情之有虧人處詩曰

公道人情兩是非　人情公道最難爲
若依公道人情失　順了人情公道虧

胡知府已受了。西門慶夏提刑囑託。無不做分上。要說此係後事。當日西門慶要送至舡上。蔡御史不肯。說道賢公不消遠送。只此告別。西門慶道。萬惟保重。容差小价問安。說畢。蔡御史上轎而去。西門慶回到方丈坐下。長老走來遞茶。頭戴僧伽帽。身披袈裟。小沙彌拿着茶托。遞茶去。合掌道了問訊。西門慶答禮相還。見他雪眉交白。便問長老多大年紀。長老道。小僧七十有

五西門慶道倒還這等康健因問法號稱呼甚麼長老道小僧
法名道堅有幾位徒弟長老道止有兩個小徒本寺也有三十
余僧行西門慶道你這等院倒也寬大只是欠修整長老道不
瞞老爹說這座寺原是周秀老爹蓋造長署裏没錢粮修理丟
得壞了西門慶道原來就是你守備府周爺的香火院我見他
家庄子不遠不打緊處你稟了你周爺寫個緣簿一般别處也
再化着來我那里我也資助你些布施道堅連忙合掌問訊謝
了西門慶分付玳安兒書袋內取一兩銀子謝長老今日打攪
長老這里道堅道小僧不知老爺來不曾預備齋供西門慶道
我要往後邊更更衣去道堅連忙叫小沙彌開便門西門慶更
了衣因見方丈後面五間大禪堂有許多雲遊和尚在那里敲

着木魚念經。西門慶不因不由。信步走入裡面觀看。見一個和尚形骨古怪。相貌搊搜。生的豹頭凹眼。色若紫肝。戴了雞蠟箍兒。穿一領肉紅直裰。頦下髭鬚亂拃。頭上有一溜光簷。就是個形容古怪真羅漢。未除火性獨眼龍。在禪床上。旋定過去了。垂着頭。把脖子縮到腔子裏。鼻口中流下玉筯來。西門慶口中不言。心內暗道。此僧必然是個有手段的高僧。不然如何有此異相。等我叫醒他。問他個端的。于是應聲叫。那位僧人。你是那里人氏。何處高僧。雲遊到此。叫了頭一聲不答應。第二聲也不言語。第三聲。只見這個僧人在禪床上把身子打了個挺。伸了伸腰。睜開一隻眼跳將起來。向西門慶點了點頭兒。麄聲應道。你問我怎的。貧僧行不問名。坐不改姓。乃西域天竺國密松林齊腰峯寒庭寺下來的胡僧雲遊至此施藥濟人官人你吽我有甚話說西門慶道你旣是施藥濟人我問你求些滋補的藥兒你有也沒有胡僧道我有我有又道我如今請你到家你去不去胡僧道我去我去西門慶道你說去卽此就行那胡僧直竪起身來向床頭取過他的鉄柱杖來拄着背上他的皮褡褳褡褳內盛着兩個藥葫蘆兒下的禪堂就往外走西門慶分付玳安吽了兩個驢子同師父先往家去等着我就來胡僧道官人不消如此你騎馬只顧先行貧僧也不騎頭口管情比你先到西門慶道巳定是個有手段的高僧不然如何開這等朗言恐怕他走了分付玳安好歹跟着他同行于是作辭長老上馬僕從跟隨逕直進城來家那日四月十七日不想是王六兒生日

家中又是李嬌兒上壽。有堂客吃酒、後晌時分。只見王六兒家没人使使了他兄弟王經。來請西門慶。分付他宅門首。只尋玳安兒說話。不見玳安在門首。只顧立。立了約一個時辰。正值月娘與李嬌兒。送院里李媽媽 出來上轎。看見一個十五六歲扎包髻兒小厮、問是那里的。那小厮三不知走到根前。與月娘磕了個頭。說道我是韓家。尋安哥說話。月娘問那安哥。平安在傍邊。恐怕他知道是王六兒那里來的。恐怕他說岔了話。向前把他拉過一邊。對月娘說他是韓夥計家使了來尋玳安兒問韓夥計幾時來。以此哄過月娘。不言語回後邊去了。不一時。玳安與胡僧先到門首。走的兩腿皆酸。渾身是汗。抱怨的要不的。那胡僧躰貌從容。氣也不喘。平安把王六兒那邊使了王經。來請爹尋他說話一節。對玳安兒說了。不想大娘。正送院里李奶奶出來。門首上轎。看見他冐冐勢勢。走到根前。與大娘磕頭。大娘問他。說我是韓家的。早是我在傍邊。拉過一邊。落後大娘問我我說是韓夥計家的。使他來問他韓夥計幾時來。大娘纔不言語了。早是沒曾碼覺出來。等住回娘若問你。也是這般說。那玳安走的睜睜的。只顧搧扇子。今日造化低的也。怎的平白爹交我領了這賊秃囚來。好近遠兒。從門外寺里直走到家。路上通沒歇腳兒。走的我上氣兒接不着下氣兒。爹交顧驢子與他騎。他又不騎。便便走着。沒事、沒事的。難爲我這兩條腿了、把鞋底子也磨透了。腳也踹破了。攮氣的營生。平安道。爹請他來家做甚麼。玳安道。誰知道他。說問他討甚麼藥哩。正說着。只聞唱道

之聲。西門慶到家。看見胡僧在門首。說道吾師眞乃人中神也
果然先到。一面讓至裏面大廳上坐。西門慶呌書童接了衣裳
換了小帽。陪他坐的。那胡僧睁眼。觀見廳堂高遠。院宇深沉。門
上掛的。是龜背紋蝦鬚織抹綠珠簾。地下鋪獅子滚綉毬絨毛
線毯。正當中放一張蜻蜓腿螳螂肚肥皂色起楞的卓子。卓子
上。安着縧環樣。須彌座。大理石屏風。週圍擺的。都是泥鰍頭楠
木靶腫觔的校椅。兩壁掛的畫。都是紫竹桿兒綾邊瑪瑙軸頭
正是鼉皮画鼓振庭堂。烏木春檯盛酒器。胡僧看畢。西門慶問
道。吾師用酒不用。胡僧道。貧僧酒肉齊行。西門慶。一面分付小
厮。後邊不消看素饌。拿酒飯來。那時正是李嬌兒生日。廚下肴
饌下飯。都有。安放卓兒。只顧拿上來。先綽邊兒放了。四碟果子

四碟小菜。又是四碟案酒。一碟頭魚。一碟糟鴨。一碟烏皮雞。一碟舞鱸公。又拿上四樣下飯來。一碟羊角葱炒的核桃肉。一碟細切的餶飿樣子肉。一碟肥肥的羊貫腸。一碟光溜溜的滑鰍。次又拿了一道湯飯出來。一個碗內兩個肉員子。夾着一條花觔滾子肉。名喚一龍戲二珠湯。一大盤裂破頭高裝肉包子。西門慶讓胡僧吃了。教琴童拏過團靶鉤頭雞脖壺來。打開腰州精製的紅泥頭。一股一股邈出滋陰摔白酒來。傾在那倒垂蓮蓬高脚鍾內。遞與胡僧。那胡僧接放口內。一吸而飲之。隨即又是兩樣添換上來。一碟寸扎的騎馬腸兒。一碟子醃臘鵝脖子。又是兩樣艷物。與胡僧下酒。一碟子癩葡萄。一碟流心紅李子。落後又是一大碗鱔魚麵。與菜卷兒。一齊拏上來。與胡僧打散、登時把胡僧吃的楞子眼兒便道貧僧酒醉飯飽。足可以勾了。西門慶吽左右。拏過酒卓去。因問他求房術的藥兒。胡僧道我有一枝藥。乃老君煉就。王母傳方。非人不度。非人不傳。專度有緣。既是官人厚待于我。我與你幾丸罷。于是向褡褳內。取出葫蘆兒。傾出百十丸。分付每次只一粒。不可多了。用燒酒送下。又撇向那一個葫蘆兒捏了。取二錢一塊。粉紅膏兒。分付每次只許用二釐。不可多用。若是脹的慌。用手捏着兩邊腿上。只顧摔打百十下。方得通。你可撙節用之。不可輕泄于人。西門慶雙手接了。說道我且問你這藥。有何功効。胡僧說形如雞卵。色似鵞黃。三次老君炮煉。王母親手傳方。外視輕如糞土。內覷貴乎玕琅。比金金豈換。比玉玉何償。任你腰金衣紫。任你大厦高堂。任你輕裘肥馬。任你才俊棟梁。此藥用托掌內。飄然身入洞房。洞中春不老。物外景長芳。玉山無頹敗。丹田夜有光。一戰精神爽。再戰氣血剛。不拘嬌艷寵。十二美紅妝。交接從吾好。徹夜硬如鎗。服久寬脾胃。滋腎又扶陽。百日鬚髮黑。千朝體自强。固齒能明目。陽生姤始藏。恐君如不信。拌飯與猫嘗。三日淫無度。四日熱難當。白猫變為黑。尿糞俱停亡。夏月當風臥。冬天水裏藏。若還不解泄。毛脫盡精光。每服一厘半。陽興愈健强。一夜歇十女。其精永不傷。老婦顰眉蹙。淫娼不可當。有時心倦怠。收兵罷戰場。冷水吞一口。陽回精不傷。快美終宵樂。春色滿蘭房。贈與知音客。永作保身方。西門慶聽了。要問他求方兒。說道請醫須請良。傳藥須傳方。吾師不傳于我方兒。倘或我久後用沒了。那里尋師父去。隨師父要多少東西。我與師父。因令玳安後邊快取二十兩白金來。遞與胡僧。要問他求這一枝藥方。那胡僧哄道貧僧乃出家之人。雲遊四方。要這資財何用。官人趂早收回去。一面就要起身。西門慶見他不肯傳方。便道師父。你不受資財。我有一疋四丈長大布與師父做件衣服罷。即令左右取來。雙手遞與胡僧。僧方纔打問訊謝了。臨出門。又分付不可多用。戒之戒之。言畢。背上搭褳。拴定拐杖。出門楊長而去。正是拄杖挑擎雙日月。芒鞋踏遍九軍州。有詩為証。

彌勒和尚到神州　布袋橫拖拄杖頭
饒你化身千百化　一身還有一身愁

畢竟未知後來何如。且聽下回分解。

金瓶梅

第五十回

琴童潛聽燕鶯歡

玳安嬉遊蝴蝶巷

第五十回

琴童潛聽燕鶯歡　玳安嬉遊蝴蝶巷

天與胭脂點絳唇　東風滿面笑欣欣
芳心自是歡情足　醉臉常含喜氣新
傾國有情偏惱客　向陽無語咲撩人
紅塵多少愁眉者　好入花林結近鄰

話說那日李嬌兒上壽。觀音庵王姑子。請了蓮華庵薛姑子來了。又帶了他兩個徒弟。妙鳳妙趣。月娘聽薛師父來了。知道他是個有道行的姑子。連忙出來迎接。見他戴着清淨僧帽。披着茶褐袈裟。剃的青旋旋頭兒。生的魁肥胖大。沿口豚腮。進來與月娘眾人。合掌問訊。王姑子便道。這個就是主家大娘。與列位娘。慌的月娘衆人。連忙下頭去。見他在人前。鋪眉苦眼。拿班做勢。口裡咬文嚼字。一口一聲。只稱呼他薛爺。他便叫月娘是在家菩薩。或稱官人娘子。月娘甚是取重他十分。那日大妗子。楊姑娘。都在這里。月娘擺茶與他吃。整理素饌醎食菜蔬點心。擺了一大卓子。比尋常分外不同。兩個小姑子。妙趣妙鳳。纔十四五歲。生的甚是清俊。就在他傍邊卓頭吃東西。吃了茶。都在上房內坐的。月娘。李嬌兒。孟玉樓。潘金蓮。李瓶兒。西門大姐。都聽着他講道說話。只見小廝畫童兒。前邊收下家活來。月娘便問道。前邊那吃酒肉的和尚去了。畫童道。剛纔起身。爹送出他去了。吳大妗子。因問是那里請來的僧人。月娘道。是他爹今日與蔡御史送行。門外寺里帶來的。一個和尚。酒肉都吃。問他求甚

麼藥方。與他銀子也不要。錢也不受。誰知他幹的甚麼營生。吃
了這甘。纔去了。那薛姑子聽見。便說道茹葷飲酒。這兩件事也
難。倒還是俺這比丘尼。還有些戒行。他這漢僧們。那里管。大藏
經上。不說的。如你吃他一口。到轉世過來。須還這他。吳大妗聽
了。道像俺們終日吃肉。卻不知轉世有多少罪業。薛姑子道。似
老菩薩。都是前生修來的福。享了榮華。受富貴。譬如五谷。你春天
不種下。到那有秋之時。怎望收成。這里說話不題。且說西門慶
送了胡僧進來。只見玳安悄悄向前。說道頭里韓大嬸那里使
了他兄弟來請爹。說今日是他生日。請爹好歹過去坐坐。西門
慶得了胡僧藥。心里定要去。和婦人試驗。不想他那里來請。正
中下懷。即分付玳安備馬。使琴童先送一罈酒去。于是逕走到

潘金蓮房里取了。淫器包兒。便衣小帽。帶着眼紗。玳安跟隨。逕往王六兒家來下馬。到裏面就分付。留琴童兒在這里伺候。玳安回了馬家去。等家里問。只說我在獅子街。房子里筭帳哩。玳安應諾。小的知道。說畢。騎馬回家去了。王六兒出來。戴着銀絲䯼髻。金纍絲釵梳。翠鈿兒。二珠環子。露着頭。穿着玉色紗比甲兒。夏布衫子。白腰挑線單拖裙子。與西門慶磕了頭。在傍邊陪坐。說道無事。請爹過來散心坐坐。又多謝爹送酒來。西門慶道我忘了你生日。今日往門外送行去。纔來家。因向袖中取出一對簪兒。就來遞與他。今日與你上壽。婦人接過來觀看。却是一對金壽字簪兒。說道倒好樣兒。連忙道了萬福。西門慶又遞與他五錢銀子。分付你稱五分。交小廝有南燒酒買他一瓶來。我吃。那王六兒笑道。爹老人家。別的酒吃厭了。想起來又要吃南燒酒了。于是連忙稱了五分銀子。使琴童兒拏瓶買去了。王六兒。一面替西門慶脫了衣裳請入房里坐的。親自洗手剔甲。剝果仁兒。交了頭爽好茶。拿上來西門慶吃在房內放小卓兒看牌耍子。看了一回。纔收拾吃酒。按下這頭不題。單表玳安回馬到家。辛苦了一日。跟和尚走了來乏困了。走到前邊屋裡。倘了一覺直睡到掌燈時分。纔醒了。揉了揉眼見。天晚了。走到后邊要燈籠。要接爹去。只顧立着。月娘因問他。頭里你爹打發和尚去了。也不進來換衣裳。三不知就去了。端的在誰家吃酒哩。玳安沒的回答。說道。爹沒往人家去。在獅子街房子里。和你哥筭帳哩。月娘道。就是筭帳。沒的筭恁一日。玳安道。筭了帳。爹自家吃酒哩。月娘道。又沒人陪他。他莫不平白的。自家吃酒。眼見的就是兩樣話。頭里韓道國家小厮來。尋你做甚麼。玳安道。他來問韓大叔幾時來。月娘罵道。賊囚根子。你又不知弄甚麼鬼。那玳安不敢多言。月娘交小玉。拏了灯籠與他。你說家中你二娘。等着上壽哩。小玉一面拏了個灯籠。遞與玳安。來到前邊鋪子里。只見書童兒。和傅夥計。坐着水櫃上。放着一瓶酒。兩雙鍾筯。幾個碗碟。一盤牛肚子。平安兒從外邊。拏了兩瓶鮓來。正飲酒中間。只見玳安走來。把灯籠掠下。說道好呀。我赶着了。因見書童兒戲道。好淫婦。你在這里做甚麼。交我那里沒尋你。你原來躲在這里吃酒兒。書童道。你尋我做甚麼。心里要與我做半日孫子兒。玳安罵道。村村小厮。你也回嘴。我尋你要合你的屁股。

于是走向前。按在椅子上。就親嘴。那書童用手推開。說道怪行貨子。我不好罵出來的。把人牙花都磕破了。帽子都抓落了人的。傳夥計見他帽子在地下。說道新一盞灯帽兒。你替他拾起來。只怕躧了。被書童拏過。往炕上只一摔。把臉通紅了。玳安道。好淫婦。我鬧了你鬧兒。你惱了。不由分說。掀起腿把他按在炕上。儘力向他口裏吐了一口唾沫。把酒推撒了。流在水櫃上。傳夥計。恐怕他濕了帳簿。連忙取手巾來抹了。說道管情住回。兩個頑惱了。玳安道。好淫婦。你今日討了誰口裏話。這等扭手扭脚。那書童把頭髮都揉亂了。說道要便要。唊便唊。臢剌剌的屣從水子。吐了人恁一口。玳安道。賊秫村村。你今日纔吃屣從。你從前已後。把屣從不知吃了多少。平安篩了一甌子酒。遞與玳安。說道你快吃了。接爹去罷。有話回來。和他說。玳安道。等我接了。爹回來。和他答話。我不把秫秫小廝。不擺布的見神見鬼的。他也不怕我使一些唾沫。也不是人養的。我只一味乾粘于是吃了酒。門班房內。叫了個小伴當。拏着灯籠。他便騎着馬到了王六兒家。叫開門。問琴童兒。爹在那里。琴童道。爹在屋里睡哩。于是閂上門。兩個走到後邊廚下。老馮便道。安官兒來。你韓大嬸。只顧等你。不見來。替你留下分兒了。向廚櫃里。拏了一盤驢肉。一碟臘燒鷄。兩碗壽麵。一素子酒。玳安吃了一回。又讓琴童吃酒。叫道。你過來。這酒我吃不了。咱兩個噤了這素子酒罷。琴童道。留與你的。你自吃罷。玳安道。我剛纔吃了飽了來了。于是二人吃畢。玳安便叫道。馮奶奶。我有句話兒說。你休惱我。想着你老人家。在六娘那里。與俺六娘當家。如今在韓大嬸這里又與韓大嬸當家。等我到家看。我對六娘說。不對六娘說。那老馮便向他身上拍了一下。說道。怪倒路死猴兒。休要是言不是語。到家里說出來。就交他惱我一生。我也不敢見他去。這里玳安兒。和老馮說話。不想琴童走到臥房。窗子底下。悄悄聽覷。原來西門慶。用燒酒。把胡僧藥。吃了一粒下去。脫了衣裳。上床和老婆行房。坐在床沿上。打開淫器包兒。先把銀托束在根下。龜頭上使了硫黃圈子。把胡僧與他的粉紅膏子藥兒。盛在個小銀盒兒內。挑了有一厘半兒來。安放在馬眼內。登時藥性發作。那話暴怒起來。露稜跳腦。凹眼圓睜。橫觔皆見。色若紫肝。約有六七寸長。比尋常分外粗大。西門慶心中暗喜。果然胡僧此藥有些意思。婦人脫得光赤條。坐在他懷里。一面用手籠揝。說道怪道你要燒酒吃。原來幹這個營生。因問你是那里討來的藥。西門慶急把胡僧與他的藥。從頭告訴一遍。先令婦人仰臥床上。背靠雙枕。手拏那話。往里放。龜頭昂大。濡研半晌。方纔進入些須。婦人淫津流溢。少頃滑落。已而僅沒龜稜。西門慶酒興作。淺抽深送。覺翕翕然暢美不可言。婦人則淫心如醉。酥癱于枕上。口內呻吟不止。口口聲聲只叫大鬖髮達達。淫婦今日可死也。又道我央及你好歹留些工夫。在後邊要耍。西門慶于是把老婆倒蹶在床上。那話頂入戶中。扶其股而極力搧磞搧磞的連聲响喨。老婆道。達達你好生搧打着淫婦。休要住了。再不你自家拏過灯來。照着頑耍。西門慶于是移灯近前。令婦人在下。直舒雙足。他便騎在上面。兜其股。蹲踞而提之。老婆在下。一手揉着花心。扳其股而就之。顫聲不已。西門慶因對老婆說道。等你家的來。我打發他和來保崔本揚州支鹽去。支出鹽來賣了。就交他往湖州。織了絲紬了。好不好。老婆道。好達達。隨你交他那里。只顧去。閑着王八在家里做甚麽。因問這鋪。都交誰管。西門慶道。我交賁四在家。且替他賣着。王六兒道。也罷。且交賁四看着罷。這里二人行房。不想都被琴童兒。窓外聽了。不亦樂乎。玳安正從後邊來。見他在窓下聽覷。向身上拍了一下。說道平白聽他怎的。趁他正未起來。咱每去來。琴童跟出他到外邊。玳安道。你不知。後面小衚衕子里。新來了兩個好丫頭子。我頭里騎馬。打那里過。看見了。來在曾長腿屋里。一個金兒。一個叫賽兒。却不上十六七歲。交小伴當在這里看着。咱往混一回子去。一面分付小伴當。你在此聽着門。俺每往街上净淨手去。等裏邊尋你。往小衚衕口兒上。那里叫俺每去。分付了。兩個月亮地裡。走到小巷內。原來這條巷。喚做蝴蝶巷。裡邊有十數家。都是開坊子。吃衣飯的。那玳安一來也有酒了。叫門叫了半日。纔開。原來王八。正和虔婆。曾長腿。在灯下。拏黃桿大等子稱銀子。哩。見兩個兇神也般。撞進來裏間屋里。連忙把灯來。一口吹滅了。王八認的玳安是提刑所西門老爹家管家。便讓坐。玳安道叫出他姐兒兩個。唱個曲兒。俺每聽。就去。王八道。管家你來的遲。行一步兒。兩個劉纜都有了人了。這玳安不由分說。兩步就掃進裡面。只見黑洞洞。燈也不點。炕上有兩個戴白毡帽子的

酒太公。一個炕上睡下。那一個纔脫裹脚。便問道是甚麽。人進
屋里來了。玳安道。我合你娘的眼。不防䫜的。只一拳去。打的那
酒子。只叫着裹脚襪子。也穿不上。往外飛跑。那一個在炕上扒
起來。一步一跌。也走了。玳安叫掌起燈來。罵道賊野蠻流民。他
倒問我是那里人。剛纔把毛搞淨了他的纔好。平白放了他去
了。好不好。拏到衙門里去。且交他且試試新夾棍着。曾長腿向
前掌上灯。拜了又拜。說二位官家哥哥息怒。他外京人不知道。
休要和他一般見識。因令金兒賽兒出來唱與二位叔叔聽。只
只見兩個都是一窩絲盤髻。穿着洗白衫兒。紅綠羅裙兒。向前
道。今日不知叔叔來。夜晚了。没曾做得准備。一面放了四碟乾
菜。其餘幾碟。都是鴨鵙蝦米。熟鮓醎魚。猪頭肉。乾板腸兒之類。

玳安便摟着賽兒一處。琴童便擁着金兒。玳安看見賽兒帶着銀紅紗香袋兒。就拏袖中汗巾兒。兩個換了。少頃篩酒上來。賽兒拏鍾兒斟上酒。遞與玳安。先是金兒取過琵琶來。唱頓開喉音。就是山坡羊下來。金兒就奉酒與琴童。唱道。

烟花寨委實的難過。白不得清涼倒坐。逐日家迎賓待客。一家兒吃穿。全靠着奴身一個。到晚來印子房錢逼的是我。老虔婆他不管我死活。在門前站到那更深兒夜晚到晚來有那個問聲我那飽餓。烟花寨再住上五載三年來。奴活命的少來。死命的多。不由人眼淚如梭。有英樹上開花。那是我收圓結果。

金兒唱畢。賽兒又斟一盃酒。遞與玳安兒。接過琵琶來。唱道。

進房來。四下觀看。我自見粉壁墻上。排着那琵琶一面。我看琵琶上塵灰兒倒有。那一隻袖子裡。掏出個汗巾兒來。把塵灰攤散。抱在我懷中。定了定子絃。彈了個孤恓調。淚似湧泉。有我那冤家。何等的歡喜。冤家去。撇的我和琵琶一樣。有他在。同唱同彈里來嘞。到如今。只剩下我孤单。不由人兩淚兒傷殘。物在存留。不知我人兒在那廂。

正唱在熱鬧處。忽見小伴當來叫。二人連忙起身。玳安向賽兒說。俺每改日。再來望你。說畢。出門來到王六兒家。西門慶纔起來。老婆陪着吃酒哩。兩個進入廚房內。玳安問老馮。爹尋俺每來。老馮道。你爹沒尋。只問馬來了。我回說來了。再沒言語。兩個坐在廚下。問老馮要茶吃。每人呵了一甌子茶。交小伴當點上灯籠牽出馬去。西門慶臨起身。老婆道。爹好歹酒兒。你再吃上一鍾兒。你到家莫不又吃酒。西門慶道。到家可不吃了。于是拏起酒兒。又吃了一鍾。老婆問道。你這一去。幾時來走走。西門慶道。我待的打發了他每起身。我纔來哩。說畢。丫頭點茶來漱了口。王六兒送到門首。西門慶方上馬歸家。却表潘金蓮同衆人在月娘房内。听薛姑子徒弟兩個小姑子。唱佛曲兒。到起更時分。纔回房來。想起頭里月娘罵玳安說兩樣話。不知弄的甚麼鬼。因是向床上摸那淫器包兒。又没了。叫春梅問。說不曾拏。頭里娘不在時。爹進屋里來。向床背閣抽替内翻了一回去了。誰知道那包子。放在那裡。金蓮道。他多咱進來。我怎就不知道。春梅道。娘正往後邊瞧薛姑子去了。爹帶着小帽兒。進屋里來。我問着他。又不言語。金蓮道。巳定拏了這行貨。往院中那淫婦家去了。等他來家。我好生問他。不想西門慶來家。見夜深了。也沒往後邊去。琴童打着燈籠。送到花園角門首。西門慶就往李瓶兒屋里去了。琴童兒把灯籠還交送到後邊。小玉收了。月娘與李嬌兒。孟玉樓。潘金蓮。李瓶兒。孫雪娥。大姐。并兩個姑子。正在上房坐着。月娘問道。你爹來了。琴童道。爹來了。往前邊六娘房里去了。月娘道。你看是有個槽道的。這里人等着。就不進來了。李瓶兒慌的走到前邊。對西門慶說道。他二娘在後邊等着你上壽。你怎的平白進我這屋里來了。西門慶笑道。我醉了。明日罷。李瓶兒道。就是你醉了。到後邊也接個鍾兒。你不去惹他二娘不惱麼。于是一力攛掇西門慶進後邊來。李嬌兒遞了酒。月

娘問道。你今日獨自一個在那邊房子里坐。到這早晚。西門慶
道。我和應二哥吃酒來。月娘道。可又來。我說沒個人兒。自家怎
麼吃。說了丟開了。就罷了。西門慶坐不移時。提起腳兒。還踅到
前邊。李瓶兒房里來。原來在王六兒那里。因吃了胡僧藥。被藥
性把住了。與老婆弄聳了一日。恰好過沒曾去身子。那話越發
堅硬。形如鐵杵。進房交迎春。脫了衣裳。上床就要和李瓶兒睡。
李瓶兒只說他不來。和官哥在床上。已睡下了。回過頭來。見是
他。便道。你在後邊睡罷了。又來做甚麼。孩子纔睡下了。睡的甜
甜兒的。我心里不奈煩。又身上來了。不方便。你往別人屋裏睡
去。不是好。來這里纏。被西門慶。摟過脖子來。拔着就親了個嘴。
說道。怪奴才。你達心里要和你睡睡兒。因把那話露出來。與李

瓶兒瞧。諕的李瓶兒要不的。說道耶嚛你怎麼弄的他這等大。西門慶笑着。告他說。吃了胡僧藥一節。你若不和我睡。我就急死了。李瓶兒道可怎樣的。我身上纔來了兩日。還沒去。亦發等等着兒去了。我和你睡罷。你今日且往他五娘屋里歇一夜兒。也是一般。西門慶道我今日不知怎的。一心只要和你睡。我如今殺個雞兒。央及你央及兒。再不你交丫頭掇些水來洗洗。和我睡睡也罷了。李瓶兒道。我到好笑起來。你今日那里吃了酒。吃的恁醉醉兒的來家。恁歪斯纏。我就是洗了。也不乾淨。一個老婆的月經。沾污在男子漢身上。臢剌剌的也晦氣。我到明日死了。你也只尋我。于是乞逼勒不過。交迎春掇了水下來。澡牝乾淨。方上床與西門慶交房。可霎作怪。李瓶兒慢慢搊哄的官哥兒睡下。只倒扒過這頭來。那孩子就醒了。一連醒了三次。李瓶兒交迎春拏博浪鼓兒哄着他。抱與奶子那邊屋里去了。這里二人。方纔自在頑耍。西門慶坐在帳子里。李瓶兒便馬爬在他身邊。西門慶倒插那話入牝中。已而燈下窺見他那話。雪白的屁股兒。用手抱着股。且觀其出入。那話已被吞進半截。興不可遏。李瓶兒恐怕帶出血來。不住取巾帕抹之。西門慶抽拽了一個時辰。兩手抱定他屁股。只顧揉搓。那話盡入至根。不容點毛。髮臍下毳毛。皆刺其股。覺翕翕然暢美。不可言。李瓶兒達達慢着些。頂的奴裏邊。好不疼。西門慶道。你既害疼。我丟了罷。于是向卓上取過茶來。呷了一口冷茶。登時精來。一泄如注。正是四體無非暢美。一團却是陽春。西門慶方知胡僧。有如此之妙藥。睡下時三更天氣。且說潘金蓮那邊。見西門慶在李瓶兒屋里歇了。自知他偷去淫器包兒。和他耍頑。更不體察外邊勾當。是夜暗咬銀牙。關門睡了。月娘和薛姑子。王姑子。在上房宿歇。王姑子。把整治的頭男衣胞。并薛姑子的藥。悄悄遞與月娘。薛姑子教月娘。揀個壬子日。用酒兒吃下去。晚夕與官人同床一次。就是胎氣。不可交一人知道。月娘連忙的將藥收了。拜謝了兩個姑子。月娘向王姑子道。我正月裡。好不等着你。就不來了。王姑子道。你老人家。倒說的好。我正來見你老人家。我說亦發等四月裡。他二娘生日。會了薛師父。一答兒里來罷。不想虧我這師父。好不與難。尋了這件物兒出來。也是個人家媳婦兒養頭次娃兒。可可薛爺在那里。悄悄與了個熟老娘。三錢銀子。纔得了拏在這里替你老人家熬些水。打磨乾淨。兩盒鴛鴦新瓦泡煉如法。用重羅篩過。攪在符藥一處。纔拏來了。月娘道。只是多累了薛爺。和王師父。于是兩個姑子。每人拏出二兩銀子來相謝。說道明日。若坐了胎氣。還與薛爺一疋黃褐段子。做袈裟穿。那薛姑子。合掌道了問訊。多承菩薩好心。常言十日賣一担針賣不得。一日賣一担甲倒賣了。正是

若教此輩成佛道　天下僧尼似水流

畢竟未知後來何如。且聽下回分解。

瓶梅

第五十一回

打猫兒金蓮品玉

鬪葉子散儕輸金

新刻金瓶梅詞話卷之六

第五十一回

月娘聽演金剛科　桂姐躲在西門宅

羞看鸞鏡惜朱顏　手托香腮懶去眠
瘦損纖腰寬翠帶　淚流粉面落金鈿
薄倖惱人愁切切　芳心撩亂恨綿綿
何時借得來風便　刮得檀郎到枕邊

話說潘金蓮見西門慶拏了淫器包兒。在李瓶兒房里歇了。足惱了一夜沒睡。懷恨在心。到第二日。打聽西門慶往衙門裡去了。李瓶兒在屋里梳頭。老早走到後邊。對月娘說。李瓶兒背地。好不說姐姐哩。說姐姐會那等虔婆勢。喬作衙。別人生日。喬作

家官。你漢子吃醉了。進我屋里來。我又不曾在前邊。平白對着
人羞我望着我丢臉兒。交我惱了。走到前邊。把他爹趕到後邊
來。落後他怎的。也不在後邊。還往我房裡來了。他兩個黑夜說
了一夜梯巳話兒。只有心腸五臟。沒曾倒與我罷了。這月娘聽
了。如何不惱。因向大妗子。孟玉樓說。果是你昨日也在根前看
着。我又沒曾說他甚麼。小厮交灯籠進來。我只問了一聲。你爹
怎的不進來。小厮倒說往六娘屋裡去了。我便說你二娘這里
等着。恁沒槽道。却不進來。論起來也不傷他。怎的說我虔婆勢。
喬作衙。我是淫婦老婆。我還把他當好人看成。原來知人知面
不知心。那里看人去。乾净是個綿裏針。肉里刺的貨。還不知背
地在漢子根前。架的甚麼舌兒哩。恠道他昨日决烈的。就往前

走了俊姐姐那怕漢子成日在你那屋里不出門不想我這心動一動兒一個漢子丟與你們隨你們去與寡的不過想着一娶來之時賊强人和我門裡門外不相逢那等怎麽過來大妗子在傍勸道姑娘罷麽那看着孩兒的分上罷自古宰相肚裡好行船當家人是個惡水缸兒好的也放在你心裡歹的也放在心裡月娘道不拘幾時我也要對這兩句話等我問着他我怎麽虔婆勢喬作衙金蓮慌的沒口子說道姐姐寬恕他罷常言大人不責小人過那個小人沒罪過他在屋里背地調唆漢子俺每這幾個誰沒吃他排說過我和他緊隔着壁兒要與他一般見識起來倒了不成行動只倚逞着孩子降人他還說的好話兒哩說他的孩兒到明日長大了有恩報恩有仇報仇俺

們都是餓死的數兒。你還不知道哩。吳大妗子道。我的奶奶。那里有此話說。月娘一聲兒。也沒言語。常言路見不平。也有向燈向火。不想西門大姐。平日與李瓶兒最好。常沒針線鞋面。李瓶兒不拘好綾羅叚帛。就與之。好汗巾手帕兩三方。背地與大姐銀錢是不消說。當日聽了此話。如何不告訴他。李瓶兒正在屋裡。與孩子做那端午戴的那絨線符牌兒。及各色紗小粽子兒。并解毒艾虎兒。只見大姐走來。李瓶兒讓他坐同看做生活。李瓶兒交迎春。拏茶與你大姑娘吃。一面吃了茶。大姐道。頭里請你吃茶。你怎的不來。李瓶兒道。打發他爹出門。我趕早涼兒。與孩子做這戴的碎生活兒來。大姐道。有椿事兒。我也不是舌頭敢來告你說。學說。你說俺娘虔婆勢。你沒曾惱着五娘。他在後邊對着俺娘如此這般說了你一篇是非。如今俺娘要和你對話哩。你別要說我對你說。交他怪我。你湏預備些話兒打發他這李瓶兒不聽便罷。聽了此言。手中拏着那針兒。通拏不起來。兩隻肐膊都軟了。半日說不出話來。對着大姐吊眼淚說道大姑娘。我那里有一字兒閑話。昨晚我在後邊。聽見小廝說他爹往我這邊來了。我就來到前邊。催他往後邊去了。再誰說一句話兒來。你娘恁覷我一塲。莫不我恁不識好歹。敢說這個話。設使我就說。對着誰說來。也有個下落。大姐道。他聽見俺娘說不拘幾時要對這話。他如何就慌了。要着我你兩個。當面鑼。對面鼓的對不是。李瓶兒道。我對的過他那嘴頭子。自憑天罷了。他左右晝夜筭計的我。只是俺娘兒兩個到明日科里。吃他筭計了一個去。也是了當。說畢哭了。大姐坐着。勸了一回。只見小玉來請六娘大姑娘吃飯。就後邊去了。李瓶兒丟下針指。同大姐到後邊。也不曾吃飯。回來房中。倒在床上就睡着了。西門慶衙門中來家。見他睡。問迎春。迎春道俺娘一日飯也還沒吃哩。慌了西門慶向前。問道你怎的不吃飯。你對我說。又見他哭的眼紅紅的。只顧問你心里怎麽的。對我說。那李瓶兒連忙起來。揉了揉眼。說道我害眼疼。不怎的。今日心裡懶待吃飯。並不題出一字兒來。正是滿懷心腹事。盡在不言中。有詩爲証。

莫道佳人總是痴　惺惺伶俐沒便宜
只因會盡人間事　惹得閑愁滿肚皮

大姐在後邊。對月娘說。我問他來。他說沒有此話。我對着誰說。

來。且是好不賭身罸呪。望着我哭哩。說娘這般看顧他。他肯說此話。吳大妗子道。我就不信。李大姐。好個人兒。他原肯說這等謊。月娘道想必兩個不知怎的有些小節不足。哄不動漢子。走來後邊戳無路兒。沒的拏我墊舌根。我這裡還多着個影兒哩。大妗子道。大姑娘。今後你也別要虧了人。不是我背他說。潘五姐一百個。不及他爲人。心地兒又好。來了咱家恁二三年。要一些歪樣兒也沒有。正說着。只見琴童兒藍布大包袱背進來。月娘問是甚麽。琴童道。是三萬塩引韓夥計和崔本纔從關上掛了號來。爹說打發飯與他二人吃。如今兊銀子打包後日二十一日好日子起身。打發他三個往楊州去。吳大妗子道。只怕姐夫進來。我和二位師父往他二娘房里坐去罷。剛說未畢。只見西門慶掀簾子進來。慌的吳妗子。和薛姑子。王姑子。往李嬌兒屋里走不迭。早被西門慶看見。問月娘那個是薛姑子賊胖秃淫婦。來我這裡做甚麽。月娘道。你好恁枉口拔舌。不當家化化的罵他怎的。他惹着你來。你怎的知道他姓薛。西門慶道你還不知他弄的乾坤兒哩。他把陳恭政家小姐。七月十五日。吊在地藏菴兒里。和一個小夥阮三偷奸。不想那阮三。就死在女子身上。他知情受了三兩銀子。事發拏到衙門裡。被我褪衣。打了二十板交他嫁漢子還俗。他怎的還不還俗。好不好。拏到衙門里。再與他幾拶子。月娘道。你有要沒緊。恁毀神謗佛的。他一個佛家弟子想必善根還在。他平白還甚麽俗。你還不知他。好不有道行。西門慶道。你問他有道行。一夜接幾個漢子。月娘道。你就休汗邪又討我那沒好口的罵你。因問幾時打發他三個起身。西門慶道。我剛纔使來保。會喬親家去了。他那裡出五百兩我這里出五百兩。二十是個好日子。打發他每起身去罷了。月娘道。線鋪子。却交誰開。西門慶道。且交賁四替他開着罷。說畢。月娘開箱子。拏出銀子。一面兊了出來。交付與三人。正在捲棚內看着打包。每人兊與他五兩銀子。交他家中收拾衣裝行李。不在話下。只見應伯爵走到捲棚里。見西門慶看着打包。便問哥打包做甚麼、西門慶。因把二十日。打發來保等。往楊州支塩去一節。告訴一遍。伯爵舉手道。哥恭喜。此去回來。必有大利息西門慶一面讓他坐。喚茶來吃了。因問李三黃四銀子。幾時關、應伯爵道。也只不出這個月里。就關出來了。他昨日對我說。如

今東平府又派下二萬香來了還要問你挪五百兩銀子接濟
他這一時之急如今關出這批的銀子一分也不動都擡過這
邊來西門慶道到是你看見我這里打發楊州去還沒銀子問
喬親家那裡借了五百兩在裡頭那討銀子來伯爵道他再三
央及將我對你說一家不煩二主你不接濟他這一步兒交他
又問那裡借去那西門慶道門外街東徐四鋪少我銀子我那
裡挪五百兩銀子與他罷伯爵道可知好哩正說着只見平安
兒拏進帖兒來說夏老爹家差了夏壽道請爹明日坐坐西門
慶展開東帖云云伯爵道我今敢來有樁事兒來報與哥你知
道院里李桂兒勾當他沒來西門慶道他從正月去了再幾時
來我並不知道甚麼勾當伯爵因說起王招宣府里第三的原

來是東京六黃太尉姪女兒女婿從正月往東京拜年老公公賞了一千兩銀子與他兩口兒過節你還不知六黃太尉這姪女兒生的怎麽標致上画兒委的只画半邊兒也有恁俊俏相的你只守着你家里的罷了每日被老孫祝麻子小張閑三四個摽着在院里撞把二條巷齊家那小丫頭子齊香兒攬籠了又在李桂兒家走把他娘子兒的頭面都拏出來當了氣的他娘子兒家里上吊不想前日這月裏老公公生日他娘子兒到東京只一說老公公惱了將這幾個人的名字送與朱太尉朱太尉批行東平府着落本縣拏人昨日把老孫祝麻子與小張閑都從李桂兒家拏的去了李桂兒便躲在隔壁朱毛頭家過了一夜今日說來你這里央及你來了西門慶道我說正月裡

都摽着他走這里誰人家銀子。那裡誰人家銀子。那裡祝麻子還對着我搗生鬼說畢。伯爵道。我去罷。等住回。只怕李桂兒來。你管他不管他。他又說我來串作你。西門慶道你且坐着。我還和你說哩。李三你且別要許他。等我門外討銀子出來。和你說話去。伯爵道。我曉的。剛走出大門首。只見李桂姐轎子在門首。又早下轎進去了。西門慶正分付陳經濟。交他騎騾子。往門外徐西家。催銀子去。只見琴童兒走到捲棚內。請西門慶道大娘後邊請。有李桂姨來了。這西門慶走到後邊。只見李桂姐身穿茶色衣裳也不搽臉用白挑線汗子。搭着頭。雲鬟不整花容淹淡與西門慶磕着頭哭。起來說道爹可怎麼樣兒的恁造化低的營生。正是關着門兒家里坐。禍從天上來。一個王三官兒。俺每

又不認的他。平白的祝麻子。孫寡嘴領了來俺家來討茶吃。俺
姐姐又不在家。依着我說別要招惹他。那些兒不是。俺這媽越
發老的韶刀了。就是來宅里與俺姑娘做生日的這一日。你上
轎來了就是了。見祝麻子打旋磨兒跟着。從新又回去對我說
姐姐。你不出去。待他鍾茶兒。却不難爲嚣了人了。他便生爺這
里來了。交我把門插了不出來。誰想從外邊撞了一夥人來把
他三個。不由分說。都拏的去了。王三官兒。便奪門走了。我便走
在隔壁人家躲了。家里有個人牙兒。纔使保兒來這里接的你
家去。到家。把媽諕的魂兒也沒了。只要尋死。今日縣里皂隸。又
拏着票。唱囉了一清早起去了。如今坐名兒。只要我往東京回
話去。爹你老人家。不可怜見救救兒。却怎麼樣兒的。娘在傍邊

也替我說說兒西門慶笑道你起來因問票上還有誰的名字桂姐道還有齊香兒的名子他梳籠了齊香兒在他家使錢着便該當俺家若見了他一個錢兒就把眼睛珠子吊了若是沾他沾身子兒一個毛孔兒里生一個天疱瘡月娘對西門慶道也罷省的他恁說誓剌剌的你替他說說罷西門慶道如今齊香兒拏了不曾桂姐道齊香兒他在王皇親宅里躲着里西門慶道既是恁的你且在我這里住兩日倘人來尋你我就差人往縣里替你說去于是就叫書童兒你快寫個帖兒往縣裡見你李老爹就說桂姐常在我這里答應看怎的免提他罷書童應諾穿青絹衣服去了不一時拏了李知縣回帖兒來書童道李老爹多上覆你老爹別的事無不領命這個却是東京上司

行下來批文委本縣拏人縣里只拘的人在既是你老爹分上
我這里且寬限他兩日要免提還往東京上司處說去西門慶
聽了只顧沉吟說道如今來保一兩日起身東京沒人去月娘
道也罷你打發他兩個先去存下來保替桂姐往東京說了這
勾當交他隨後邉赶了去也是不遲你看誰的他那腔兒那桂
姐連忙與月娘和西門慶磕頭西門慶隨使人叫將來保來分
付二十日你且不去罷交他兩個先去你明日且往東京替桂
姐說說這勾當來見你翟爹如今這般好交差人往衛里說說
桂姐連忙就與來保下禮慌的來保頂頭相退說道桂姨我就
去西門慶一面交書童兒寫就一封書致謝翟管家前日曾巡
按之事甚是費心又封了二十兩折節禮銀子連書交與來保

桂姐便歡喜了拏出五兩銀子來與來保路上做盤纏說道相
求及媽還重謝保哥西門慶不肯還交桂姐收了銀子交月娘
另拏五兩銀子與來保盤纏桂姐道也沒這個道理我央及爹
這裡說人情又交爹出盤纏西門慶道你笑話我沒這五兩銀
子盤纏了要你的銀子那桂姐方纔收了向來保拜了又拜說
道累保哥明日好歹起身罷只怕遲了來保道我明日早五更
就走道兒了于是領了書信又走到獅子街韓道國家王六兒
正在屋里替他縫小衣兒哩打窓眼看見是來保忙道你有甚
說話請房里坐他不在家往裁縫那裡討衣裳去了便來也便
叫錦兒還不往對過徐裁家叫你爹去你說保大爺在這里來
保道我敢來說聲我明日且去不成又有椿業障鑽出來當家

的留下交我往東京替院里李桂姐說人情去哩他剛纔在爹根前再三磕頭禮拜央及我娘和爹說也罷你且替他往東京走一遭說說這勾當且交韓夥計和崔大官兒先去你回來再赶了去也是不遲我明日早起身了剛纔書也有了因問嫂子你做的是甚麼王六兒道是他的小衣裳兒來保道你交他少帶衣裳到那去處是出紗羅段絹的窩兒裡愁沒衣裳穿正說着韓道國來了兩個唱了喏因把前事說了一遍因說我到明日楊州那裡尋你們韓道國道老爹分付交俺每馬頭上投經紀王伯儒店里下說過世老爹曾和他父親相交他店內房屋寬廣下的客商多放財物不耽心你只往那裡尋俺每就是了又說嫂子我明日東京去你沒甚鞋腳東西稍進府里與你大

姐去。王六兒道。沒甚麼。只有他爹替他打的兩對簪兒。并他兩雙鞋。起動保叔。稍稍進去與他。于是用手帕包縫停當。遞與來保。一面交春香看菜兒篩酒。婦人連忙丟下生活。就放卓兒。來保道。嫂子。你休費心。我不坐。我到家還收拾了褡褳。明日好起身。王六兒笑嘻嘻道。耶嚛。你怎的上門怪人家。夥計家自恁與你餞行。也該吃鍾兒。因說韓道國。你好老實。卓兒不穩。你也撒撒兒。讓保叔坐。只相沒事的人兒一般兒。于是拏上菜兒來。斟酒遞與來保。王六兒也陪在傍邊。三人坐定吃酒。來保吃了幾鍾。說道。我家去罷。晚了。只怕家里關門早。韓道國問道。你頭口顧下了不曾。來保道。明日早顧罷了。說鋪子里鑰匙。并帳簿都交與賁四罷了。省的你又上宿去。家里歇息歇息。好走路兒。韓道國道。夥計說的是。我們日就交與他。王六兒又斟了一甌子。說道保叔你只吃這一鍾。我也不敢留你了。來保道嫂子你既要我吃。再篩熱着些。那王六兒連忙歸到壺裏交錦兒炮熱了。傾在盞內。雙手遞與來保。說道沒甚好菜兒。與保叔下酒。來保道嫂子好說。家無常禮。拏起酒來。與婦人對飲一吸而同乾。方纔作辭起身。王六兒便把女兒鞋腳遞與他。說道累保叔好歹到府里問聲孩子好不好。我放心些。于是道了萬福兩口兒齊送出門來。不說來保到家。收拾行李第二日起身東京去了。不題單表月娘上房擺茶與桂姐吃。吳大妗子楊姑娘兩個姑子。都做一處坐。有吳大舅前來對西門慶說。有東平府行下文書來。派俺本衛兩所掌印千戶管工修理社倉。題准旨意限六月

工完陞一級遞限聽巡按御史查參姐夫有銀子借得幾兩工
上使用待関出工價來一一奉還西門慶道大舅用多少只顧
拏去吳大舅道姐夫下顧與二十兩罷一面進入後邊見了月
娘說了話交月娘拏二十兩出來交與大舅又吃了茶出來因
後邊有堂客不好坐的交西門慶留大舅大廳上吃酒正飲酒
中間只見陳經濟走來回話說門外徐四家銀子頂上爹再讓
兩日兒西門慶道胡說我這里用銀子使再讓兩日兒照舊還
去罵那狗弟子孩兒經濟應諾吳大舅讓姐夫坐的陳經濟作
了揖打横坐了琴童兒連忙安放了鍾筯這里前邊吃酒且說
後邊大妗子楊姑娘李嬌兒孟玉樓潘金蓮李瓶兒大姐都伴
桂姐在月娘房裡吃酒先是郁大姐數了回張生遊寶塔放下

琵琶。孟玉樓在傍斟酒，哺菜兒與他吃，說道：賊瞎賤磨的，唱了這一日，又說我不疼你。那潘金蓮，又大節子夾腿肉放在他鼻子上，戲弄他頑耍。桂姐因叫玉簫姐：你遞過那郁大姐琵琶來，我唱個曲兒與姑奶奶和大妗子聽。月娘道：桂姐，你心里熟刺刺的，不唱罷。桂姐道：不妨事，等我唱。見爹娘替我說人情去了，我這回不焦了。孟玉樓笑道：李桂姐倒還是院中人家娃娃，做臉兒快，頭里一來時，把眉頭忔𢝱着，焦的茶兒也吃不下去，這回說也有，笑也有。當下桂姐輕舒玉指，頓撥冰絃，唱了一回。正唱着，只見琴童兒收進家活來。月娘便問道：你大舅去了？琴童兒道：大舅去了。吳大妗子道：只怕姐夫進來，俺每活變活變兒。琴童道：爹不往後邊來了，往五娘房里去了。這潘金蓮聽見往

他屋里去了就坐不住趨趄着脚兒只要走又不好走的月娘
也不等他動身說道他在你屋里去了你去罷省的你欠肚兒
親家是的那潘金蓮嚷可可兒的走來戶兒的硬着那脚步兒
且是去的快來到前邊入房來西門慶已是吃了胡僧藥交春
梅脫了衣裳在床上帳子里坐着哩金蓮看見笑道我的兒今
日好呀不等你娘來就上床了俺每剛纔在後邊陪大妗子楊
姑娘吃酒被李桂姐唱着灌了我幾鍾好的獨自一個兒黑影
子里一步高一步低不知怎的就走的來了叫春梅你有茶倒
甌子我吃那春梅真個點了茶來金蓮吃了撇了個嘴與春梅
那時春梅就知其意那邊屋早早已替他熱下水婦人抖些檀
香白礬在裏面洗了牝向灯下摘了頭止撇着一根金簪子拏

過鏡子來。從新把嘴唇抹了些胭脂。口中噙着香茶。走過這邊來。春梅床頭上取過睡鞋來。與他換了。帶上房門出來。這婦人便將灯臺挪近床邊卓上放着。一手放下半邊紗帳子來。褪去紅褌。露見玉體。西門慶坐在枕頭上。那話帶着兩個托子。一位弄的大大的。露出來與他瞧。婦人燈下看見。諕了一跳。一手搯不過來。紫巍巍。沉甸甸。約有虎二一便睨聰了西門慶一眼。說道我猜你沒別的話。巳定吃了那和尚藥。弄聳的恁般大。一位要來奈何老娘。好酒好肉。王里長吃的去。你在誰人根前試了新這回剩了些殘軍敗將。纔來我這屋里來了。俺每是雌剩髩髮肏的。你還說不偏心哩。嗔道那一日。我不在屋裏。三不知把那行貨包子。偷的往他屋里去了。原來晚夕和他幹這個營生。他還對着人撇清搗鬼哩你這行貨子乾淨是個没挽和的三寸貨想起來一百年不理你纔好西門慶咲道小淫婦兒你過來你若有本事把他咂過了我輸一兩銀子與你婦人道汗邪了你了你吃了甚麽行貨子我禁的過他于是把身子斜𨈆在衽席之上雙手執定那話用朱唇吞褁說道好大行貨子把人的口也撑的生疼的說畢出入嗚咂或舌尖挑弄蛙口舐其龜弦或用口噙着往來哺摔或在粉臉上偎提百般搏弄那話越發堅硬搐崛起來裂瓜頭凹眼圓睜落腮鬍挺身直竪西門慶垂首窺見婦人香肌掩映于紗帳之內纖手捧定毛都嚕那話往口里吞放灯下一往一來動旦不想傍邊蹲踞着一個白獅子猫兒看見動旦不知當做甚物件兒撲向前用爪兒來撾這西

門慶在上。又將手中拏的酒金老鴉扇兒。只顧引鬪他耍子。被婦人奪過扇子來。把猫儘力打了一扇把子。打出帳子外去了。昵向西門慶道。怪發訕的冤家。緊着這扎扎的不得人意。又引鬪他恁上頭上臉的。一時鬪撾了人臉。卻怎樣的好不好。我就不幹這營生了。西門慶道。怪小淫婦兒。會張致死了。婦人道。你怎的不交李瓶兒替你咂來。我這屋裡儘着交你撥弄。不知吃了甚麼行貨子。咂了這一日。亦發咂了沒事沒事。西門慶于是向汗巾兒上。小銀盒兒裏。用挑牙挑了些。粉紅膏子藥兒。抹在馬口內。仰卧于上。交婦人騎在身上。婦人道等我搧着。你往裡放。龜頭昻大。濡研半晌。僅沒龜稜。婦人在上。將身左右揺擦似有不勝隱忍之態。因叫道親達達裏邊緊澁住了。好不難捱。一而用手摸之。灯下窺見塵柄已被牝戶吞進半截。撐的兩邊皆滿。無復作往來。婦人用唾津塗抹牝戶兩邊。已而稍寬滑落。頗作往來。一舉一坐。漸沒至根。婦人因向西門慶說。你每常使的顫聲嬌在裏頭。只是一味熱癢不可當。怎如和尚這藥。使進去從子宮冷森森直掣到心上。這一回把渾身上下。都酥麻了。我曉的今日這命。死在你手里了。好難捱忍也。西門慶笑道。五兒我有個笑話兒。說與你聽。是應二哥說的。一個人死了。閻王就拏驢皮披在身上。交他變驢。落後判官查簿籍。還有他十三年陽壽。又放回來了。他老婆看見渾身都變過來了。只有陽物還是驢的。未變過來。那人道。我往陰間換去。他老婆慌了。說道我的哥哥。你這一去。只怕不放你回來怎了。由他等我慢慢兒的挨罷。婦人聽了。唉將扇把子。打了一下子說道。惟不的應花子的二老婆。推慣了驢的行貨。碎說嘴的貨。我不看世界。這一下打的你。兩個足纏了一個更次。西門慶精還不過。他在下合着眼。由着婦人蹲踞在上。極力抽提提的龜頭刮答刮答怪响。提勾良久。又吊過身子去。朝向西門慶。西門慶雙足舉其股。沒稜露腦而提之。往來甚急。西門慶雖身接目視而猶如無物。良久婦人情極。轉過身子來。兩手摟定西門慶脖項。合伏在身上。舒舌頭在他口裡。那話直抵牝中。只顧揉搓。沒口子叫親達達罷了。五兒的死了。須臾一陣昏迷。舌尖冰冷。泄訖一度。西門慶覺牝中一股熱氣。直透丹田。心中翕翕然美快。不可言也。已而淫津溢出。婦人以帕抹之。兩個相摟相抱。交頭疊股。鳴咂其舌。那話通不拽出來。睡時沒半個時辰。婦人淫情未定。扒上身去。兩個又幹起來。婦人一連丟了兩遭。身子亦覺稍倦。西門慶只是佯佯不採。暗想胡僧之藥通神。看看窗外雞鳴。東方漸白。婦人道。我的心肝。你不過却怎樣的。到晚夕你再來。等我好歹替你咂過了罷。西門慶道。就咂也不得過。管情只一樁事兒就過了。婦人道。告我說是那一樁兒。西門慶道。法不傳六。再得我晚夕來。對你說。早辰起來梳洗。春梅打發穿上衣裳。韓道國崔本又早外邊伺候。西門慶出來。燒了紙。打發起身。交付二人兩封書。一封到揚州馬頭上。投王伯儒店里下。這一封就往揚州城內。抓尋苗青問他的事情下落。快來回報我。如銀子不勾。我後邊再交來保稍去。崔本道。還有蔡老爹書沒有。西門慶道。你蔡老爹書還不曾寫。交來保後邊稍了去罷。二人拜辭上頭口去了。不在話下。西門慶冠帶了。就往衙門中來。與夏提刑相會。道及日昨多承見招之意。夏提刑道。今日奉屈長官佳叙。再無他客。酹放已畢。各分散來家。吳月娘又早上房。擺下菜蔬。請西門慶吃粥。只見一個穿青衣皂隸。騎着快馬。夾着氊包。走的滿面汗流。到大門首。問平安。此是問刑西門老爹家。平安道。你是那里來的。那人疾便下了馬。作揖。便說我是督催皇木的安老爹。先差來送禮與老爹。俺老爹與管磚廠黃老爹。如今都往東平府。胡老爹那里吃酒。順便先來拜老爹。這里看老爹在家不在。平安道。有帖兒沒有。那人向氊包內取出連禮物都遞與平安。平安拏進去。與西門慶看。見禮帖上寫着浙紬二端。湖綿四斤。香帶一束。古鏡一圓。分付包五錢銀子。拏回帖打發來人。就說在家拱候。老爹。那人急急去了。西門慶一面家中。預備酒菜等至日中。二位官員。喝道而至。此日乘轎張蓋甚盛。先令人投拜帖。一個是侍生安忱拜。一個是侍生黃葆光拜。都是青雲白鷴補子。烏紗皂履。下轎揖讓而入。西門慶出大門迎接。至廳上敘禮各道契濶之情。分賓主坐下。黃主事居左。安主事居右。西門慶主位相陪。先是黃主事舉手道。久仰賢名盛德芳譽。學生拜遲西門慶道。不敢。辱承老先生先事枉駕。當容踵叩。敢問尊號。安主事道。黃年兄。號泰宇。取履泰定而發天光之意。黃主事道。敢問尊號。西門慶道。學生賤號四泉。因小莊有四眼井之說。安主事道。昨日會見蔡年兄。說他與宋松原。都在尊府打攪。西門慶道。因承雲峯尊命。又是敝邑公祖。敢不奉迎。小价在京。已知鳳翁榮選。未得躬賀。又問幾時家中起身來。安主事道。自去歲尊府别後。學生到家續了親。過了年。正月就來京了。選在工部。備員主事。欽差督運皇木。前往荊州。向來道經此處。敢不奉謁。西門慶又說盛儀感謝不盡說畢。因請寬衣。令左右安放卓席。黄主事就要起身。安主事道。實告我與黄年兄。如今還往東平胡大尹那里赴席。因打尊府過。敢不奉謁。容日再來取擾。西門慶道。就是往胡公處去。路尚許遠。縱二公不餓。其如從者何。學生不敢具酌。只脩一飯在此。以犒手下從者。于是先打發轎上攢盤。廳上安放卓席。珍羞異品。極時之盛。就是湯飯點心。海鮮美味。一齊上來。西門慶將小金鍾只奉了三盃。連卓兒擡下去。管待親隨家人。吏典。少頃兩位官人。拜辭起身。向西門慶道。生輩明日。有一小東。到奉屈賢公。到我這黃年兄同僚劉老太監庄上。一敘。未審肯命駕否。西門慶道。既蒙寵招。敢不趨命。說畢。送出大門。上轎而去。只見夏提刑差人來邀。西門慶說道。我就去一面分付備馬。走到後邊。換了衣服出來上馬。玳安琴童跟隨排軍喝道。打着黑扇。逕往夏提刑家來。到廳上敘禮。說道。適有工部督皇木安主政。和磚廠黃主政來拜。留坐了半日去了。不然也來的早。見畢禮數。接了衣服下來。玳安吽排軍褶了。連帶放在氊包內。見廳上上面。設放兩張卓席。讓西門慶居左。其次就是西賓倪秀才。座間因敘起來。問道老先生尊號。倪秀才道。學生賤名倪鵬。字時遠。號桂巖。見在府庠備數。在我這東主夏老

先生門下。談館教習賢郎大先生舉業友道之間。實有多愧說
話間。兩個小優兒上來磕頭。吃罷湯飯。廚役上來割道。西門慶
喚玳安。拏賞賜。賞了廚役。分付取巾來戴。把冠帶衣服送回家
去。晚上來接罷。玳安應諾。吃了點心。回馬家來不題。且說潘金
蓮。從打發西門慶出來。直睡到晌午。纔扒起來。甫能起來。又懶
待梳頭。恐怕道後邊人說他。月娘請他吃飯。也不吃。只推不好。
大後晌纔出房門來。到後邊月娘因西門慶不在。要聽薛姑子
講說佛法。演頌金剛科儀。正在明間內。安放一張經卓兒。焚下
香。薛姑子與王姑子。兩個一對坐。妙趣妙鳳兩個徒弟立在兩
邊。接念佛號。大妗子。楊姑娘。吳月娘。李嬌兒。孟玉樓。潘金蓮。李
瓶兒。孫雪娥。和李桂姐。一個不少。都在根前。圍着他坐的聽他

演誦。先是薛姑子道。

蓋聞電光易滅。石火難消。落花無返樹之期。逝水絕歸源之路。画堂綉閣。命盡有若長空。極品高官。祿絕猶如作夢。黃金白玉。空爲禍患之資。紅粉輕衣。揔是塵勞之費。妻孥無百載之歡。黑暗有千重之苦。一朝枕上。命掩黃泉。空榜楊虛假之名。黃土埋不堅之骨。田園百頃。其中被兒女爭奪。綾錦千箱。死後無寸絲之分。青春未半。而白髮來侵。賀者纔聞。而吊者隨至。苦苦苦。氣化清風塵歸土。點點輪迴喚不回。改頭換面無遍數。

南無盡虛空遍法界過見未來佛法僧三寶。

無上甚深微妙法　百千萬刼難遭遇

我今見聞得受持　願解如來眞實義

王姑子道。當時釋伽牟尼佛。乃諸佛之祖。釋教之主。如何出家。願聽演說。薛姑子便唱五供養。

釋伽佛梵王子。捨了江山雪山去。割肉喂鷹鵲巢頂。只修的

九龍吐水混金身。纔成南無大乘大覺釋伽尊。

王姑子又道。釋伽佛。既聽演說。當日觀音菩薩。如何修行。纔有莊嚴百化化身。有天道力。願聽其說。薛姑子又道。

大莊嚴。妙善主。辭別皇宮香山住。天人送供跏趺坐。只修的

五十三參變化身。纔成南無救苦救難觀世音。

王姑子道。觀音菩薩。既聽其法。昔日有六祖禪師。傳灯佛。教化行西域東歸。不立文字。如何苦功。願聽其詳。薛姑子又道。

達磨師。盧六祖。九年面壁功行苦。蘆芽穿膝伏龍虎。只修的
隻履折蘆任往來。纔成了南無大慈大願毘盧佛。
王姑子道。六祖傳燈。既聞其詳。敢問昔日有個龐居士。捨家私
送窮船歸海。以成正果。如何說。薛姑子道。
龐居士。善知識。放債來生濟貧苦。馿馬夜間私相居。只修的
抛妻棄子上法舡。纔成了南無妙乘妙法伽藍耶。
月娘正聽到熱鬧處。只見平安兒。慌慌張張走來。說道巡按宋
爺家。差了兩個快手。一個門子送禮來。月娘慌了。說道你爹往
夏家吃酒去了。誰人打發他。正亂着。只見玳安兒。放進毡包來。
說道不打緊。等我拏帖兒。對爹說去。交姐夫且讓那門子進來。
管待他些些酒飯兒着。這玳安交下氈包。拏着帖子。騎馬雲飛般

走到夏提刑家。如此這般。說了。巡按宋老爺送禮來。西門慶看了帖子。上面寫着鮮豬一口。金酒二尊。公帋四刀。小書一部。下書侍生宋喬年拜。連忙分付到家。書童快拏我的官銜雙摺手本回去。門子苔賞他三兩銀子。兩方手帕。擡盒的。每人與他五錢。玳安來家。到處尋書童兒。那里得來。急的只遊回磨轉。陳經濟。又不在。交傳夥計陪着人吃酒。玳安旋打後邊樓房里。討了手帕銀子出來。又沒人封。自家在櫃上。彌封停當。交傳夥計寫了大小三包。因向平安兒道。你就不知往那去了。平安道。頭里姐夫在家時。他還在家來。落後姐夫。往門外討銀子去了。他也不見了。玳安道。別要題。已定秫秫小廝在外邊胡行亂走的。養老婆去了。正在急唣之間。只見陳經濟。與書童兩個。叠騎着騾子纔來。被玳安罵了幾句。交他寫了官銜手本。打發送禮人去了。玳安道。賊秫秫小廝。仰攤着掙了。合蓬着去。爹不在家里不看。跟着人養老婆兒去了。爹又沒使你。和姐夫門外討銀子。你平白跟了去。做甚麼。看我對爹說不說。書童道。你說。不是我怕你。你不說。就是我的兒。玳安道。賊狗攮的秫秫小廝。你賭幾個真個。走向前。一個潑腳撒翻倒。兩個就磆碌成一塊子。那玳安得手。吐了他一口唾沫。纔罷了。說道。我接爹去。等我來家。和淫婦算帳。騎馬一直去了。月娘在後邊。打發兩個姑子。吃了些茶食兒。又聽他唱佛曲兒。宣念偈子兒。那潘金蓮。不住在傍。先拉玉樓不動。又扯李瓶兒。又怕月娘說。月娘便道。李大姐。他叫你。你和他去。不是。省的急的他在這裡。恁有刑劃沒是處的。那李瓶兒。方纔同他出來。被月娘瞧了一眼。說道。拔了蘿蔔地皮寬。交他去了。省的他在這裡跑兎子一般。原不是那聽佛法的人。這潘金蓮。拉着李瓶兒走出儀門。因說道。大姐姐。好幹這營生。你家又不死人。平白交姑子家中宣起卷來了。都在那裡圍着他怎的。咱每出來走走。就看看大姐。在屋裡做甚麼哩。于是一直走出大廳來。只見廂房內點着燈。大姐和經濟正在裡面絮聒。說不見了銀子了。被金蓮向窗櫺上打了一下。說道。後面不去聽佛曲兒。兩口子且在房里拌的甚麼嘴兒哩。經濟出來。看見二人。說道。早是我沒曾罵出來。原來是五娘六娘來了。請進來坐。金蓮道。你好膽子。罵。不是進來見大姐。正在灯下納鞋。說道這咱晚。熱剌剌的。還納鞋。因問你兩口子。攘的是些甚麼。陳經濟道你問他爹使我門外討銀子去他與了我三錢銀子就交我替他稍銷金汗巾子來不想到那里袖子里摸銀子沒了不曾稍得來來家他說我那里養老婆和我嚷罵我這一日急的我賭身發咒不想了頭掃地地下拾起來他把銀子收了不與還交我明日買汗巾子來你二位老人家說却是誰的不是那大姐便罵道賊囚根子別要說嘴你不養老婆平白帶了書童兒去做甚麼剛纔交玳安甚麼不罵出來想必兩個打夥兒養老婆去來去到這咱晚纔來你討的銀子在那里金蓮問道有了銀子了不曾大姐道有了銀子剛纔了頭地下掃地拾起來我拏着哩金蓮道不打緊處我與你銀子明日也替我帶兩方銷金汗巾子來李瓶兒便問姐夫門外有買銷金汗巾兒也稍

幾方兒與我。經濟道。門外手帕巷。有名王家。專一發賣各色改樣銷金點翠手帕汗巾兒。隨你問多少也有。你老人家要甚顏色。銷甚花樣。早說與我。明日一齊都替你帶來了。李瓶兒道。我要一方老金黃銷金點翠。穿花鳳汗巾。經濟道。六娘老金黃銷上金不現。李瓶兒道。你別要管我。我還要一方銀紅綾銷江牙海水嵌八寶汗巾兒。又是一方閃色芝蔴花銷金汗巾兒。經濟便道。五娘你老人家要甚花樣。金蓮道。我沒銀子。只要兩方兒勾了。要一方玉色綾瑣子地兒銷金汗巾兒。經濟道。你又不是老人家。白刺刺的。要他做甚麼。金蓮道。你管他怎的。戴不的。等我往後吃孝戴。經濟道。那一方。要甚顏色。金蓮道。那一方。我要嬌滴滴紫葡萄顏色。四川綾汗巾兒。上銷金間點翠。十樣錦。同心結方勝地兒。一箇方勝兒裡面。一對兒喜相逢。兩邊欄子兒。
都是纓絡出珠碎八寶兒。經濟聽了。說道耶樂耶樂。再沒了賣
瓜子兒。開廂子打啑噴瑣碎一大堆。那金蓮道。怪短命。有錢買
了稱心貨。隨各人心裡所好。你管他怎的。李瓶兒便向荷包裡。
拏出一塊銀子兒。遞與經濟。說連你五娘的都在裡頭哩。那金
蓮搖着頭兒說道。等我與他罷。李瓶兒道。都一答兒哩。交姐夫
稍來的。又趕個窨兒。經濟道。就是連五娘的。這銀子還多着哩。
一面取等子。秤了一兩九錢。李瓶兒道。剩下的。就與大姑娘稍
兩方來。那大姐連忙道了萬福。金蓮道。你六娘替大姐買了汗
巾兒。把那三錢銀子。拏出來。你兩口兒鬬葉兒。賭了東道兒罷
少便叫你六娘。貼些出來兒。明日等你爹不在了。買燒鴨子白

酒咱毎吃。經濟道。既是五娘説。拏出來。大姐遞與金蓮。金蓮交付與李瓶兒。收着。拏出希牌來。灯下大姐與經濟鬪。金蓮又在傍替大姐指點。登時羸了經濟三卓。忽聽前邊打門。西門慶來家。金蓮與李瓶兒。纔回房去了。經濟出來迎接西門慶。囘了話。説徐四家銀子。後日先送二百五十兩來。餘者出月交還。西門慶罵了幾句。酒帶半酣。也不到後邊。逕往金蓮房里來。正是自有内事迎郎意。何怕明朝花不云。畢竟未知後來何如。且聽下回分解。

藏春塢

第五十二回

應伯爵山洞戲春嬌
潘金蓮花園調愛婿

第五十二回

應伯爵山洞戲春嬌　潘金蓮花園看蘑菇

海棠深院雨初收　苔徑無風蝶自由
百結丁香誇美麗　三眠楊柳弄輕柔
小桃酒膩紅尤淺　芳草寒餘綠漸稠
寂寂珠簾歸燕子　子規啼處一春愁

話說那日西門慶在夏提刑家吃酒。宋巡按送禮與他。心中十分歡喜。夏提刑亦敬重不同往日。攔門勸酒。吃至二更天氣。纔放回家。潘金蓮又早向灯下除去冠兒。露着粉面油頭。交春梅床上設放衾枕。搽抹凉蓆乾淨。薰香澡牝。等候西門慶。進門接着。見他酒帶半酣。連忙替他脫了衣裳。春梅點茶來吃了。打發上床歇息。見婦人脫得光赤條身子。坐着床沿。低垂着頭。將那白生生腿兒。橫抱膝上纏脚。換剛三寸。恰半窄大紅平底睡鞋兒。西門慶一見。淫心輒起。麈柄挺然而興。因問婦人。要淫器包兒。婦人連忙向褥子底下摸出來。遞與他。西門慶把兩個托子都帶上。一手摟過婦人在懷裡。因說。你達今日要和你幹個後庭花兒。你肯不肯。那婦人瞅了一眼。說道。好個沒廉恥冤家。你成日和書童兒小廝幹的不值了。又纏起我來了。你和那奴才幹去。不是。西門慶笑道。怪小油嘴兒。罷麼。你若依了我。又稀罕小廝做甚麼。你不知你達心里。好的是這樁兒。管情放到里頭去。我就過了。婦人被他再三纏不過。說道。奴只怕挨不的。你這大行貨。你把頭子上圈去了一個。我和你要一遭試試。西門慶真個除去硫黃圈。根下只束着銀托子。令婦人馬爬在床上屈股高蹶。將唾津塗抹在龜頭上。往來濡研頂入。龜頭昂健。半晌僅沒其稜。婦人在下。蹙眉隱忍。口中咬汗子難捱。叫道達達慢着些。這個比不的前頭。撑得裏頭熱炙火燎。疼起來。這西門慶叫道。好心肝。你叫着達達不妨事。到明日買一套好顏色粧花紗衣服與你穿。婦人道。那衣服倒也有在。我昨日見李桂姐穿的。那五色線掐羊皮金挑的。油鵞黃銀條紗裙子倒好看。說是裡邊買的。他每都有。只我沒這條裙子。倒不知多少銀子。你倒買一條我穿罷了。西門慶道。不打緊。我到明日替你買一疋。說着。在上頗作抽拽。只顧沒稜露腦。淺抽深送不已。婦人回首流眸叫道。好達達。這里緊着人。疼的要不的。如何只顧這般動作起來了。我央及你。好歹快些丟了罷。這西門慶不聽。且扶其股。覷其出入之勢。一面口中呼道。潘五兒。小淫婦兒。你好生浪浪的。叫着達達。哄出你達達屄兒來罷。那婦人真個在下。星眼朦朧。鶯聲欵掉。柳腰欵擺。香肌半就。口中艷聲柔語。百般難述。良久。西門慶覺精來。兩手扳其股。極力而摒之。抑股之聲。响之不絕。那婦人在下邊呻吟成一塊。不能禁止。臨過之時。西門慶把婦人屁股只一扳。麈柄盡沒至根。直低于深異處。其美不可當。于是怡然感之。一泄如注。婦人承受其精。二軆偎貼良久。拽出麈柄。但見猩紅染莖。蛙口流涎。婦人以帕抹之。方纔就寢。一宿晚景題過。次日西門慶早辰到衙門中回來。有安主事黃主事那里差人來下請書。二十二日。在磚廠劉太監庄上設席。請早去西門慶打發人去了。從上房吃了粥。正出廳來。只見篦頭的小周兒。扒倒地下磕頭。在傍伺候。西門慶道。你來得正好。我正要尋你篦篦頭哩。于是走到花園翡翠軒。小捲棚內。西門慶坐在一張京椅兒上。除了巾幘。打開頭髮。小周兒在後面卓上。鋪下梳篦家活。與他篦頭櫛髮。觀其泥垢。辨其風雪。跪下討賞錢。說老爹今歲必有大。迁轉。髮上氣色甚旺。西門慶大喜。篦了頭。又交他取耳。掐捏身上。他有滾身上一弄兒家活。到處都與西門慶滾捏過。又行導引之法。把西門慶弄的渾身通泰。賞了他五錢銀子。交他吃了飯伺候。與哥兒剃頭。西門慶就在書房內。倒在大理石床上。就睡着了。那日楊姑娘起身。王姑子與薛姑子要家去。吳月娘將他原來的盒子。都裝了些蒸酥茶食。打發起身。兩個姑子。每人又是五錢銀子。兩個小姑子。與了他兩疋小布兒。管待出門。薛姑子又囑付月娘。到壬子日。把那藥吃了。管情就有喜事。月娘道。薛爺。你這一去八月裏到我生日。好歹走走。我這里盼你哩。薛姑子合掌問訊道。打攪菩薩這里。我到那日已定來。于是作辭月娘。衆人都送到大門首。月娘與大妗子。回後邊去了。只有孟玉樓。潘金蓮。李瓶兒。西門大姐。李桂姐。穿着白銀條紗對衿衫兒。鵞黃縷金挑線紗裙子。戴着銀絲鬏髻。翠水祥雲鈿兒。金累絲簪子。紫夾石墜子。大紅鞋兒。抱着官哥兒。來花園裡遊戲。李瓶兒道。桂姐。你遞過來。等我抱罷。桂姐道。六娘不妨事。我心里要抱抱哥子。孟玉樓道。桂姐。你還沒到你爹新收拾書房兒瞧瞧來。到花園內。金蓮見紫薇花開得爛熳。摘了兩朶與桂姐戴。于是順着松墻兒。到翡翠軒。見裡邊擺設的床帳屏几。書画琴棋。極其消洒。床上綃帳銀鈎。冰簟珊枕。西門慶正倒在床上睡思正濃。傍邊流金小篆。焚着一縷龍涎。綠窓半掩。窓外芭蕉低映。那潘金蓮且在卓上。掀弄他的香盒兒。玉樓和李瓶兒都坐在椅兒上。西門慶忽翻過身來。看見衆婦人都在屋裡。便道你每來做甚麽。金蓮道。桂姐要看看你的書房里。俺每引他來瞧瞧。那西門慶見他抱着官哥兒。又引鬪了一回。忽見画童來。說應二爹來了。衆婦人都亂走不迭。往李瓶兒那邊去了。應伯爵走到松墻邊。看見桂姐抱着官哥兒。便道好呀。李桂姐在這里。故意問道。你幾時來。那桂姐走了。說道罷麽。怪花子。又不關你事。問怎的。伯爵道。好小淫婦兒。不關我事也罷。你且與我個嘴罷。于是摟過來就要親嘴。被桂姐用手只一推。罵道賊不得人意。怪攮刀子。若不是怕諕了哥子。我這一扇把子。打的你。西門慶走出來。看見伯爵。拉着桂姐。說道怪狗材。看諕了孩兒。因交書童。你抱哥兒。送與你六娘去。那書童連忙接過來。妳子如意兒。正在松墻拐角邊等候。接的去了。伯爵和桂姐兩個站着說話。問你的事。怎樣的。桂姐道。多虧爹這里。可怜見。差保哥替我在東京說去了。伯爵道。好好也罷了。如此你放心些。說畢。桂姐就往後邊去了。伯爵道。怪小淫婦兒。你過來。我還和你說話。桂姐道。我走走就來。于是也往李瓶兒這邊來了。伯爵與西門慶。纔唱喏。兩個在扞內坐的。西門慶道。昨日我在夏龍溪家吃酒。大巡宋道長。那里差人送禮。送了一口鮮豬。我恐怕放不的。今早旋叫了厨子來卸開用椒料連豬頭燒了。你休去了。如今請了謝子純來。咱每打雙陸同享了罷。一面使琴童兒快請你謝爹去。你說應二爹在這裡。琴童兒應諾。一直去了。伯爵因問徐家銀子。討了來了。西門慶道。賊没行止的狗骨禿。明日纔有。先與二百五十兩。你交他兩個後日來。少我家里凑與他罷。伯爵道。這等又好了。怕不的他今日買些鮮物兒來孝順你。西門慶道。倒不消交他費心。說了一回。西門慶問道。老孫祝麻子。兩個都起身去了。不曾。伯爵道。這咱哩從李桂兒家拏出來。在縣里監了一夜。第二日三個。一條鉄索。都解上東京去了。到那里沒個清潔來家的。你只說成日圖飲酒快肉。前架虫。好容易吃的果子兒。似這等苦兒也是他受。路上這

等大熱天着。鐵索拴着。又没盤纏。有甚麽要緊。西門慶笑怪怪
狗材。走軍擺站的不過。誰交他成日跟着王家小廝。只胡撞來。
李王八他尋的苦兒他受。伯爵道。哥你說的有理。蒼蠅不鑽没縫
的雞彈。他怎的不尋我和謝子純。淸的只是淸。渾的只是渾。正
說着。謝希大到了。唱畢喏坐下。只顧搧扇子。西門慶問道。你怎
的走恁一臉汗。希大道。哥別題。大官兒去遲了一步兒。我不在
家了。我剛出大門。可可他就到了。今日平白惹了一肚子氣。伯
爵問道。你惹的又是甚麼氣。希大道。大淸早辰。老孫媽媽子走
到我那里。說我弄了他去。因王何故恁不合理的老淫婦。你家
漢子。成日摽着人在院里頑。酒快肉吃。大把家撾了銀子錢家
去。你過陰去來。誰不知道。你討保頭錢。分與那個一分兒使也

怎的。交我枉了兩句。走出來。不想哥這里呼喚。伯爵道。我剛纔這里和哥不說新酒放在兩下哩。淸自淸。渾自渾。出不的咱每怎麽說來。我說跟着王家小廝。到明日有一欠。今日如何撞到這綱里。怨暢不的人。西門慶道。王家那小廝。看甚大氣槩。幾年兒了。腦子還未變全。養老婆。還不勾俺每那咱撒下的羞死鬼罷了。伯爵道。他曾見過甚麽大頭面。且比哥那咱的勾當。題起來。把他諕殺了罷了。說畢。小廝拿茶上來吃了。西門慶道。你兩個打雙陸。後邊做着個水面。等我叫小廝拿麵來咱每吃。不一時琴童來。放卓兒。畫童兒用方盒拿上四個靠山小碟兒。盛着四樣小菜兒。一碟十香瓜茄。一碟五方豆豉。一碟醬油浸的鮮花椒。一碟糖蒜。三碟兒蒜汁。一大碗猪肉滷。一張銀湯匙。三雙牙箸。擺放停當。西門慶走來坐下。然後拿上三碗麵來。各人自取澆滷。傾上蒜醋。那應伯爵與謝希大。拏起筯來。只三扒兩嚥就是一碗。兩人登時狠了七碗。西門慶兩碗還吃不了。說道我的兒。你兩個吃這些。伯爵道哥。今日這麵。是那位姐兒下的。又爽口。又好吃。謝希大道。本等滷打的停當。我只是剛纔家里吃了飯來了。不然我還禁一碗。兩個吃的熱上來。把衣服脫了。搭在椅子上。見琴童兒收家活。便道大官兒。到後邊取些水來。俺每漱漱口。謝希大道。溫茶兒又好。熱的盪的死蒜臭。少頃畫童兒拿茶至。三人吃了茶。出來。外邊松墻外。各花臺邊。走了一遭。只見黃四家。送了四盒子禮來。平安兒掇進來。與西門慶瞧。一盒鮮烏菱。一盒鮮荸薺。四尾冰湃的大鰣魚。一盒枇杷果。伯爵看見說道好東西兒他不知那里剜的送來我且嘗個兒着一手撾了好幾個遞了兩個與謝希大說道還有活到老死還不知此物甚麼東西兒哩西門慶道怪狗材還沒供養佛就先撾了吃伯爵道甚麼沒供佛我且入口無贓着西門慶分付交到後邊收了問你三娘討三錢銀子賞他伯爵問是李錦送來是黃寧兒平安道是黃寧兒伯爵道今日造化了這狗骨秃了又賞他這三錢銀子這里西門慶看着他兩個打雙陸不題且說桂姐和他哥娘李嬌兒孟玉樓潘金蓮李瓶兒大姐都在後邊上房明間內吃了飯在穿廊下坐的只見小周兒在影壁前探頭舒腦的李瓶兒道小周兒你來的好且進來與小大官兒剃剃頭把頭髮都長長了小周兒連忙向前都磕了頭說剛纔老

爹分付。交小的進來。與哥兒剃頭。月娘道。六姐妳。拿曆頭看看。好日子歹日子。就與孩子剃頭。這金蓮便交小玉。取了曆頭來揭開看了一回。說道今日是四月廿一日。是個庚戌日。定婁金金狗。當直宜祭祀。官帶出行。裁衣沐浴。剃頭修造動土。宜用午時。好日期。月娘道既是好日子。交丫頭熱水。你替孩兒洗頭。交小周兒慢慢哄着他剃。小玉在傍。替他用汗巾兒接着頭髮兒那里纔剃得幾刀兒下來。這官哥兒呱的聲怪哭起來。那小周連忙赶着他哭。只顧剃。不想把孩子哭的那口氣憋下去。不言語了。臉便脹的紅了。李瓶兒也諕慌手脚。連忙說不剃罷不剃罷。那小周兒諕的收不迭家活。往外没脚子跑。月娘道我說這孩子。有些不長俊護頭。自家替他剪剪罷。平白交進來剃。剃的好麼天假其變那孩子嗽了半日氣放出聲來了李瓶兒一塊石頭方纔落地只顧抱在懷里拍哄着他說道好小周兒恁大胆平白進來把哥哥頭來剃了去了剃的恁半落不合接欺負我的哥哥還不拏回來等我打與哥哥出氣於是抱到月娘根前月娘道不長俊的小花子兒剃頭耍了你便益了這等哭剩下這些到明日做剪毛賊引鬪了一回李瓶兒交與妳子月娘分付且休與他妳吃等他睡一回兒與他吃妳子抱的他前邊去了只見來安兒進來取小周兒的家活說門首諕的小周兒臉焦黃的月娘問道他吃了飯不曾來安道他吃了飯爹賞他五錢銀子月娘交來安你拏一甌子酒出去與他諕着人家好容易討這幾個錢小玉連忙篩了一盞拏了一碟臘肉交來安

與他吃了。往家去了。吳月娘因交金蓮。你看看曆頭。幾時是壬子日。金蓮看了。說道二十三是壬子日。交芒種五月節。便道姐姐。你問他怎的。月娘道我不怎的。問一聲兒。李桂姐接過曆頭來看了。說道這二十四日。苦惱是俺娘的生日。我不得在家。月娘道。前月初十日。是你姐姐生日過了。這二十四日。可可兒又是你媽的生日了。原來你院中人家。一日害這樣病。做三個生日。日里害思錢病。黑夜思漢子的病。早辰是媽的生日。晌午是姐姐生日。晚夕是自家生日。怎的都擠在一塊兒。趁着姐夫有錢。攛掇着都生日了罷。桂姐只是笑不做聲。只見西門慶使了畫童兒來。請桂姐。方向月娘房中粧點勻了臉。往花園中來。捲棚內。又早放下八僊卓兒。前後放下簾櫳來。卓上擺設許多肴。

饌兩大盤燒猪肉。兩盤燒鴨子。兩盤新煎鮮鯽魚。四碟玫瑰點心。兩碟白燒笋鷄。兩碟熓爛鴿子雛兒。然後又是四碟臟子血皮猪肚釀腸之類。衆人吃了一回。桂姐在傍。拏鍾兒遞酒。伯爵道。你爹聽着說。不是我索落你。事情兒已是停當了。你爹又替你縣中說了。不尋你了。虧了誰。還虧了我。再三央及你爹。他纔肯了。平白他肯替你說人情去了。隨你心處的甚麼曲兒。你唱個兒我聽下酒。也是拏勤勞准折。桂姐笑駡道。怪碜花子。你覓騄兒。好大面皮兒。爹他肯信你說話。伯爵道。你這賊小淫婦兒你經還没唸。就先打和尚起來。要吃飯。休要惡了火頭。你敢笑和尚没丈母。我就單丁。擺佈不起你。這小淫婦兒。你休笑譁。我半邊俏。還動的。被桂姐拏手中扇把子。儘力向他身上打了兩

下。西門慶笑罵道。你這狗材。到明日論個男盜女娼。還虧了原
問處。笑了一回。桂姐慢慢纔拏起琵琶。橫担膝上。啓朱唇。露皓
齒。唱了個伊州三台令。

思量你好辜恩。便忘了誓盟。遇花朝月夕良辰。好交我虛度
了青春。悶懨懨把欄杆凭倚。凝望他怎生全無個音信。幾回
自將。多應是我薄緣輕。

黃鶯兒

誰想有這一種伯爵道賜滿里翻了舡後十年也不知道藏香肌憔瘦損伯爵道愛好貪
他悶在人水里鏡鸞塵鎖無心整脂粉輕勻。花枝又懶簪空教黛眉
蹙破春山恨伯爵道你記的說接客千個情在一人無言對鏡長吁氣半是思君半恨君你兩個當初好如
今就為他躭些驚怕兒也罷不抱怨了桂姐道汗邪了你怎的胡說最難禁伯爵道你難禁別人却怎樣禁的

譙樓上畫角吹徹了斷腸聲伯爵道腸子倒沒斷這一回來提你的斷了線你兩個休提了被桂姐儘力打了一下罵道賊們攮的今日汗歪了你只鬼混人的

集賢賓

幽窗靜悄月又明恨獨倚幃屏驀聽的孤鴻只在樓外鳴把萬愁又還題醒更長漏永早不覺灯昏香盡眠未成他那里睡得安穩伯爵道傻小淫婦兒他怎的睡不安穩又沒挐了他去落合的在家里睡覺兒裡你便在人家縣着逐日懷着羊皮兒直等東京人來一塊石頭方落地桂姐被他說急了便道爹你看應花子來不知怎的只發訕纏我伯爵道你這回纔認得爹了桂姐不理他彈着琵琶又唱

雙聲疊韻

思量起思量起怎不上心伯爵道揉着你那痒痒處不由你不上心無人處無人處淚珠兒暗傾伯爵道一個人慣溺床那一日他娘死了守孝打鋪在靈前睡晚了不想又溺下了人進來看見褥子濕問怎的來那人沒的回荅只說你不知我夜

問眼淚打肚里流出來了就和你一般為他聲說不的只好背地哭罷了桂姐道沒羞的孩兒你看見來汗邪了你哩

我怨他我怨他說他不盡伯爵道我又一件說你怎的不怨天赤道得了他多少錢見今日躲在人家把買賣都悞了說他不盡是左門神白臉子極古來子不知道甚麼兒的好哄他誰知道這里先

走滾伯爵道可知拏著到手中還飛了哩自恨我當初。不合地認真。伯爵道傻小淫婦兒

如今年程在這里小歲小孩兒出來也哄不過何況風月中了弟你和他認真你且住了等我唱個南枝兒你聽風月事我說與你聽如今年程論不的假真個個人古怪精靈個個人又慣老誠倒將計活埋他瞎觔瞎頂老虔婆只要圖財小淫婦兒少不的拽着脖子往前掙苦似投河愁如覓聲幾時得把業罐子填完就變驢變馬也不彀這個營生當下把桂姐說的哭起來了被西門慶向伯爵頭打了一扇子笑罵道你這斷了腸子的狗材生生兒吃你把人就歐殺了因叫桂姐你唱不要理他謝希大道應二哥你好沒趣今日左來右去只欺負我這乾女兒你再言語口上生個大疔瘡那桂姐半日拏起琵琶又唱

簇御林

人都道他志誠伯爵纔待言語被希大把口捘了說道桂姐你唱林裡他李桂姐又唱道却原來
厮勾引。眼睁睁。心口不相應。希大放了手伯爵又說相應倒好了弄不出此事來了心口裏
不相應如今虎口裡倒相應不多也只兩三烟兒桂姐道白
眉赤眼你看見來伯爵道我沒看見在樂星堂兒裡不是連
西門慶衆人都笑起來了山誓海盟說假道真。險些兒不爲他錯害了相
思病。伯爵道好保佑兒只有錯買了的沒有錯賣了的你院中人肯把病兒錯害了負人心。看伊家
做作。如何交我有前程伯爵道前程也不敢指望他到明日少不了他個招宣襲了罷

琥珀猫兒

日踈日遠再相逢枉了奴痴心寧耐等伯爵道等到幾日到明日東京了畢事再
同歩也是不遲想巫山雲雨夢難成薄情猛拆今生和你鳳拆鸞鳳
拆鸞

尾聲

兒家下得忒薄倖。割捨的將人孤另。那世里恩情。番成做話柄。餅

唱畢。謝希大道。罷罷。叫畫童兒接過琵琶去。等我酧勞桂姐一杯酒兒。伯爵道。等我哺菜兒我本領兒不濟事。拏勤勞准折罷了。桂姐道。花子過去。誰理你。你大拳打了人。這回拏手來摸挲。當下希大。一連遞了桂姐三杯酒。拉伯爵道。咱每還有那兩盤雙陸了打完罷。於是二人又打雙陸。西門慶遞了個眼色與桂姐。就往外走。伯爵道。哥你往後邊去。稍些香茶兒出來。頭里吃了些蒜。這回子倒反帳兒。惡泛泛起來了。西門慶道。我那里得香茶兒來。伯爵道。哥你還哄我哩。杭州劉學官送了你好少兒。着你獨吃也不好。西門慶笑的後邊去了。那桂姐也走出來。在太湖

石畔。推揞花兒戴也不見了。伯爵與希大。一連打了三盤雙陸。等西門慶。白不見出來。問画童兒你爹在後邊做甚麼哩。画童兒道。爹在後邊。就出來了。伯爵道。就出來却往那去了。因交謝希大。你這里坐着。等我尋他尋去。那謝希大。且和書童兒兩個在書卓上下象棋。原來西門慶。只走到李瓶兒房里。就出來了。在木香棚下。看見李桂姐就拉到藏春塢雪洞兒里。把門兒掩着。兩個坐在矮床兒上說話。原來西門慶。走到李瓶兒房里吃了藥出來。把桂姐摟在懷中。坐于腿上。一徑露出那話來與他瞧。把桂姐諕了一跳。便問怎的就這般大。西門慶悉把吃胡僧藥。告訴了一遍。先交他低垂粉頸。款啓猩唇。品咂了一回。然後輕輕搊起他剛半扠恰三寸。好錐靶。賽藕芽。步香塵。舞翠盤。千人愛萬人貪兩隻小小金蓮來踩在兩邊肐膊穿着大紅素段白綾高底鞋兒粧花金欄膝褲腿兒用紗綠線帶紮着抱到一張椅兒上兩個就幹起來不想應伯爵到各亭兒上尋了一遭尋不着打滴翠巖小洞兒里穿過去到了木香棚抹轉葡萄架到松竹深處藏春塢邊隱隱聽見有人笑聲又不知在何處這伯爵慢慢躡足潛蹤掀開簾兒見兩扇洞門兒虛掩在外面只顧聽覷聽見桂姐顫着聲兒將身子只顧迎播着西門慶叫達達快些了事罷只怕有人來被伯爵猛然大叫一聲推開門進來看見西門慶把桂姐扛着腿子在椅兒上正幹得好說道快取水來潑潑兩個攮心的摟到一答里了李桂姐道怪攮刀子猛的進來諕了我一跳伯爵道快些兒了事好容易也得值那

些數兒。是的怕有人來看見。我就來了。且過來等。我抽個頭兒着。西門慶便道怪狗材。快出去罷了。休鬼混我。只怕小厮來看、見。那應伯爵道。小淫婦兒。你央及我央及兒、不然。我就要喝起來。連後邊嫂子們、都嚷的知道、你既認做乾女兒了、好意交你躲住兩日兒、你又偷漢子。交你了不成。桂姐道去罷。應怪花子。伯爵道。我去罷。我且親個嘴、着于是按着桂姐。親訖一嘴。纔走出來。西門慶。怪狗材、還不帶上門哩。伯爵一面走來。把門帶上。說道我兒。兩個儘着搗。儘着搗搗吊底子。不關我事。纔走到那個松樹兒底下。又囘來說道、你頭里許我的香茶。在那里。西門慶道。怪狗材、等住會。我與你就是了。又來纏人。那伯爵方纔一直笑的去了。桂姐道。好個不得人意的㨪刀子的。這西門慶和桂姐兩個在雪洞內。足幹勾約一個時辰。吃了一枚紅棗兒。纔得了事。雨散雲收。有詩為証。

海棠枝上鶯梭急　綠竹陰中燕語頻
閒來付與丹青手　一段春嬌画不成

少頃二人整衣出來。桂姐向他袖子內。掏出好些香茶來袖了。西門慶則使的滿身香汗。氣喘吁吁。走來馬纓花下溺尿。李桂姐腰里模出鏡子來。在月窓上擱着。整雲理鬢。往後邊去了。西門慶走到李瓶兒房里。洗洗手出來。伯爵問他要香茶。西門慶道。怪花子。你害了瘡。如何只鬼混人。每人掐了一撮與他。伯爵道。只與我這兩個兒。由他由他。等我問李家小淫婦兒要。正說着。只見李銘走來磕頭。伯爵道。李日新在那里來。你沒曾打聽得他每的事。怎麼樣兒了。李銘道。俺桂姐虧了爹這里。這兩日縣里也沒人來催。只等京中示下哩。伯爵道。齊家那小老婆子出來了。李銘道。齊香兒還在王皇親宅內躲着哩。桂姐在爹這里好。誰人敢來尋。伯爵道。要不然也費手。虧我和你謝爹。再三央勸你爹。你不替他處處兒。交他那里尋頭腦去。李銘道。爹這里不管。就了不成。俺三嬸。老人家。風風勢勢的。幹出甚麼事。伯爵道。我記的這幾時是他生日。俺每會了你爹。與他做做生日。李銘道。爹們不消了。到明日事情畢了。三嬸和桂姐。愁不請爹們坐坐。伯爵道。到其間俺每補生日就是了。因叫他近前。你且替我吃了這鍾酒。着我吃了這一日了。吃不的了。那李銘接過銀把鍾來。跪着一飲而盡。謝希大。交琴童又斟了一鍾與他。伯爵道。你敢没吃飯。卓上還剩了一盤㸃心。謝希大。又拏兩盤燒猪頭肉。和鴨子。遞與他。李銘雙手接的。下邊吃去了。伯爵用筯子又撥了半段鰣魚與他。說道。我見你今年。還没食這個哩。且嚐新着。西門慶道。怪狗材。都拏與他吃罷了。又留下做甚麽。伯爵道。等住回。吃的酒闌上來。餓了我不會吃飯兒。你每那里江南此魚。一年只過一遭兒。吃到牙縫兒里。剔出來。都是香的。好容易。公道說。就是朝廷還没吃哩。不是哥這里誰家有。正說着。只見画童兒。拿出四碟鮮物兒來。一碟烏菱。一碟荸薺。一碟雪藕。一碟枇杷。西門慶。還没曾放到口裏。被應伯爵。連碟子都撾過去。倒的袖了。謝希大道。你也留兩個兒我吃也得。手撾一碟子烏菱來。只落下藕在卓子上。西門慶掐了一塊。放在口內。別

的與了李銘吃了。分付畫童後邊再取兩個枇杷來賞李銘李
銘接的袖了。到家和與三媽吃。李銘吃了點心。上來拏箏過來
繞彈唱了。伯爵道。你唱個花藥欄俺每聽罷。李銘調定箏絃拏
腔唱道。

新綠池邊。猛拍欄杆。心事向誰論。花也無言。蝶也無言。離恨
滿懷縈牽。恨東君不解留去客。嘆舞紅飄絮。蝶粉輕沾。景依
然。事依然。悄然不見郎面。

俺想別時正逢春。海棠花初綻。芷微分開現。不覺的榴花噴
紅蓮放沉水。果避暑搖紈扇。霎時間菊花黃金風動。敗葉桐
梧變。

遶遶見臘梅開水花墜。暖閣內把香醪旋。四季景偏多思想

心中怨。不知俺那俏寃家。冷清清獨自個。悶懨懨何處耽寂怨。

金殿喜重重嗟怨。自古風流惧少年。那嗟暮春天。生怕到黃昏。愁怕到黃昏。獨自個悶不成歡。𢬵寳香薰被。誰共宿。嘆夜長。枕冷衾寒。你孤眠我孤眠。只是夢里相見。

貨郎兒

有一日稱了俺平生心愿。成合了夫妻謝天。今生一對兒好姻緣。冷清清耽寂寞。愁沉沉受熬煎。

醉太平煞尾

只爲俺多情的業寃。今日恨惹情牵想當初說山盟言誓在星前。擔閣了風流少年。有一日朝雲暮雨成姻眷。畫堂歌舞

排歡宴。羅幃錦帳。永團圓花燭洞房。成連理。休忘了受過熬
煎有萬千。
當日三個吃至掌燈時候。還等着後邊。拿出綠荳白米水飯來
吃了。纔去。伯爵道。哥明日不得閒。西門慶道。我明日往磚廠劉
太監庄子上。安主事。黃主事。兩個昨來請我。吃酒早去了。伯爵
道。李三黃四那事。我後日會他來罷。西門慶點頭兒。分付交他
那日後晌來。休來早了。三人也不等送就去了。西門慶交書童
看着收家活。就歸後邊。孟玉樓房中歇去了。一宿無話。到次日
西門慶早起。也沒往衙門中去。吃了粥。冠帶着。騎馬拏着金扇。
僕從跟隨。出城南三十里。逕往劉太監庄上來赴席。那日書童
與玳安兩個。都跟去了。不在話下。潘金蓮。赶西門慶不在家。與

李瓶兒計較將陳經濟輸的那三錢銀子。又交李瓶兒。添出七錢來。交來興兒買了一隻燒鴨。兩隻鷄。一錢銀子下飯。一罈金華酒。一瓶白酒。一錢銀子菓餡凉糕。交來興兒媳婦整理端正。金蓮對着月娘說。大姐姐。那日鬬牌。羸了陳姐夫三錢銀子。李大姐。又添七錢。今治了東道兒。請姐姐在花園里吃。與月娘就同孟玉樓。李嬌兒。孫雪娥。大姐桂姐。先在捲棚內吃了一回。然後拿了酒菜兒。往山子上。一個最高的卧雲亭兒上。那里下棋投壺耍子。孟玉樓。便與李嬌兒。大姐。孫雪娥。都往翫花樓上去。凭欄杆。望下着那山子前面。牡丹畦。芍藥圃。海棠軒。薔薇架。木香棚。玫瑰樹。端的有四時不謝之花。八節長春之景。觀了一回。下來。小玉迎春。都在卧雲亭上。侍奉月娘斟酒下菜。月娘雖然想起今日。倒不請陳姐夫來坐坐。大姐道。爹又使他今日往門外徐家催銀子去了。也待好來也。不一時陳經濟來到。穿着玄色練絨紗衣。脚下凉鞋淨襪。頭上纓子瓦楞帽兒。金簪子。向月娘衆人作了揖。就拉過大姐。一處坐下。向月娘說。徐家銀子。討了來了。共五封。二百五十兩。送到房里玉簫收了。于是穿杯換盞。酒過數巡。各添春色。月娘與李嬌兒桂姐。三個下棋。玉樓李瓶兒孫雪娥大姐。經濟。便向各處遊翫觀花草。惟有金蓮在山子後那芭蕉叢深處。將手中白紗團扇兒。且去撲蝴蝶爲戲。不防經濟驀地走在背後。猛然叫道。五娘你不會撲蝴蝶。等我與你撲這蝴蝶。就和你老人家一般。有些毬子心腸。滚上滚下的走滚大。那金蓮扭回粉頸。斜睨秋波。對着陳經濟笑罵道。你這少死的賊短命。誰要你撲。將人來聽見。敢待死也。我曉得你。也不怕死了。搗了幾鍾酒兒。在這里來鬼混。因問你買的汗巾兒。怎了。那經濟笑嘻嘻。向袖子中取出。一手遞與他。說道六娘的。都在這里了。又道汗巾兒稍了來。你把甚來謝我。于是把臉子挨向他身邊。被金蓮只一推。不想李瓶兒抱着官哥兒并奶子如意兒跟着。從松墻那邊走來。見金蓮和經濟兩個。在那里嬉戲撲胡蝶。李瓶兒這里。赶眼不見。兩三步。就鑽進去。山子里邊猛叫道。你兩個撲個胡蝶兒與官哥兒耍子。慌的那潘金蓮。恐怕李瓶兒瞧見。故意問道。陳姐夫與了汗巾子不曾。李瓶兒道。他還沒與我哩。金蓮道。他剛纔袖着。對着大姐姐。不好與咱的。悄悄遞與我了。于是兩個坐在花臺石上打開。兩個分了。金蓮

見官哥兒肨子里圍着條白挑線汗巾子。手裡把着個李子。往
口裏吮。問道是你的汗巾子。李瓶兒道是剛纔他大媽媽。見他
口裏吮李子。流下水。替他圍上這汗巾子。兩個只顧坐在芭蕉
叢下。李瓶兒說道。這荅兒里。到且是蔭凉。咱在這里。坐一回兒
罷。因使如意兒。你去叫迎春屋里。取孩子的小枕頭兒。帶凉蓆
兒。放他在這里。俏俏兒就取骨牌來。我和五娘在這里。抹回牌
兒。你就在屋里看罷。如意兒去了。不一時。迎春取了枕蓆。并骨
牌來。李瓶兒。鋪下蓆。把官哥兒。放在小枕頭兒上。俏着交他頑
耍。他便和金蓮抹牌。抹了一回。交迎春往屋里。頓一壺好茶來。
不想孟玉樓在卧雲亭欄杆上。看見。點手兒。叫李瓶兒說大姐
姐。叫你說句兒。就來。那李瓶兒。撇下孩子。交金蓮看着。我就來

那金蓮記掛經濟在洞兒里。那里又去顧那孩子。趕空兒兩三步。走入洞門首。交經濟。說沒人。你出來罷。經濟便叫婦人進去。瞧蘑菇裏面長出這些大頭蘑菇來了。哄的婦人入到洞里。就折鉄腿跪着。要和婦人雲雨。兩個正接着親嘴。也是天假其便。李瓶兒走到亭子上。吳月娘說孟三姐和桂姐投壺輸了。你來替他投兩壺兒。李瓶兒道。底下沒人看孩子哩。玉樓道。左右有六姐在那里。怕怎的。月娘道。孟三姐。你去替他看看罷。李瓶兒道。三娘累你。亦發抱了他來罷。交小玉你去。就抱他的蓆和小枕頭兒來。那小玉和玉樓走到芭蕉叢下。孩子便倘在蓆上。登手登脚的怪哭。並不知金蓮在那里。只見傍邊大黑猫見人來。一滚烟跑了。玉樓道。他五娘那里去了。耶嚛耶嚛。把孩子丟在

這里吃猫諕了他了。那金蓮便從傍邊雪洞兒里鑽出來。說道
我在這里淨了淨手。誰往那去來。那里有猫來諕了他。白眉赤
眼兒的。那玉樓也更不往洞裏看只顧抱了官哥兒。拍哄着他
往卧雲亭兒上去了。小玉拏着枕蓆。跟的去了。金蓮恐怕他學
舌。隨屁股也跟了來。月娘問孩子怎的哭。玉樓道。我去時。不知
是那里一個大黑猫。蹲在孩子頭根前。月娘說。乾淨諕着孩兒
李瓶兒道。他五娘看着他哩。玉樓道。六姐在洞兒里淨手去來。
金蓮走上來說。玉樓你怎的恁白眉赤眼兒的。我在那里討個
猫來。他想必餓了。要奶吃哭。就賴起人了。李瓶兒見迎春拏上
茶來。就使他叫奶子來。喂哥兒奶。那陳經濟見無人從洞兒鑽
出來。順着松墻兒。抹轉過捲棚。一直行前邊角門往外去了。正

是雙手劈開生死路。一身跳出是非門。月娘見孩子不吃妳。只是哭。分付李瓶兒你抱他到屋里。好好打發他睡罷。于是也不吃酒。衆人都散了。原來陳經濟。也不曾與潘金蓮得手。做爲燕侶鶯儔。只得做了個蜂頭花嘴兒事情不巧。歸到前邊廂房中。有些咄咄不樂。正是無可奈何花落去。似曾相識燕歸來。有折桂令爲証。

我見他戴花枝。笑撚花枝。朱唇上不抹胭脂。似抹胭脂。逐日相逢。似有情兒。未見情兒。欲見許。何曾見許。似推辭。未是推辭。約在何時。會在何時。不相逢他又相思。既相逢我反相思。

畢竟未知後來何如且聽下回分解